HEYNE

Das Buch
Die bekannte amerikanische Historikerin Judith Chase ist eigentlich nur für ihr neues Buch über die Zeit Karls I. nach London gekommen. Doch sie fühlt sich hier wie zu Hause. Das britische Blut in ihren Adern – Judith wurde während des Krieges als Zweijährige von einem amerikanischen Ehepaar adoptiert – meldet sich offensichtlich zu Wort. Doch daß sie hier mit 46 Jahren nun auch noch ihren Traummann kennengelernt hat, ist für sie ein kaum zu fassendes Geschenk von Fortuna. Sir Stephen Hallett, britischer Innenminister und aussichtsreichster Kandidat für das demnächst neu zu besetzende Amt des Premierministers, ist ein außergewöhnlich charmanter und attraktiver Mann. Judith ist überglücklich. Doch gleichzeitig spürt sie immer mehr, wie sehr sie das Rätsel ihrer englischen Herkunft belastet. Sie vertraut sich deshalb dem Tiefenpsychologen Dr. Reza Patel an, der mit seiner Theorie des Anastasia-Syndroms berühmt wurde. Doch Patel sieht in Judith Chase die ideale Patientin, um den letzten Beweis für seine Theorie zu erbringen. Bei dem riskanten Experiment, Judith mittels Hypnose in ihre früheste Kindheit zurückzuversetzen, unterläuft ihm ein fataler Fehler: Judith lebt fortan als gespaltene Persönlichkeit. Von ihr hat die im Jahr 1660 enthauptete Königsmörderin Lady Margret Carew Besitz ergriffen, und bald darauf ereignen sich entsetzliche Terroranschläge...

Die Autorin
Mary Higgins Clark wurde 1928 geboren. Mit ihren Spannungsromanen hat sie weltweit Millionen von Lesern gewonnen, und mit jedem neuen Roman erobert sie die Bestsellerlisten. Beinamen wie »Königin der Spannung« und »Meisterin des sanften Schreckens« zeugen von ihrer großen Popularität. Die Autorin lebt in Saddle River, New Jersey.

Im Heyne Verlag erschienen: *Schrei in der Nacht* , *Das Haus am Potomac*, *Wintersturm*, *Die Gnadenfrist*, *Schlangen im Paradies*, *Doppelschatten*, *Wo waren Sie, Dr. Highley?*, *Schlaf wohl, mein süßes Kind*, *Tödliche Fesseln*, *Träum süß, kleine Schwester*, *Schwesterlein, komm tanz mit mir*, *Daß du ewig denkst an mich*, *Das fremde Gesicht*, *Das Haus auf den Klippen*, *Sechs Richtige*, *Ein Gesicht so schön und kalt*, *Stille Nacht*, *Mondlicht steht dir gut*, *Sieh dich nicht um*, *Und tot bist du*, *Nimm dich in acht*, *In einer Winternacht*, *Wenn wir uns wiedersehen*.

MARY HIGGINS CLARK

DAS ANASTASIA-SYNDROM

Roman

Deutsche Erstausgabe

WILHELM HEYNE VERLAG
MÜNCHEN

*Frank »Tuffy« Reeves
in Liebe gewidmet*

2. Teil der Originalausgabe
THE ANASTASIA SYNDROME AND
OTHER STORIES
Aus dem Amerikanischen übersetzt
von Liselotte Julius

Der 1. Band erschien unter dem Titel
»Doppelschatten«

17. Auflage
Copyright © 1989 by Mary Higgins Clark
Copyright © der deutschen Ausgabe 1990
by Wilhelm Heyne Verlag, München, In der Verlagsgruppe
Random House GmbH
Printed in Germany 2004
Der Auszug aus dem Gedicht »La Bella Dame sans Merci«
von John Kents wurde von Heinz Piontek ins Deutsche übertragen.
Umschlagillustration: photonica/Kamil Vojnar, Hamburg
Umschlaggestaltung: Eisele Grafik-Design, München
Gesamtherstellung: GGP Media GmbH, Pößneck

ISBN 3-453-04544-0

Und Mund um Mund verging vor Gier
Und klaffte warnend, weit und bang —
Da fuhr ich auf und fand mich hier
Auf dem kalten Hang.

Und darum harr ich hier noch aus
Und hink allein und bleich umher,
Sank auch das Schilf am See und singt
Kein Vogel mehr.

Aus dem Gedicht ›*La Belle Dame sans Merci*‹
von John Keats

Teils zögernd, teils erleichtert klappte Judith das Buch zu, das sie studiert hatte, und legte den Füller auf ihr dickes Notizbuch. Sie hatte stundenlang ohne Unterbrechung gearbeitet, und als sie jetzt den altmodischen Drehstuhl zurückschob und vom Schreibtisch aufstand, spürte sie ihren völlig verkrampften Rücken. Der Himmel war trübe und bewölkt, so daß sie schon vor einer ganzen Weile die starke Schreibtischlampe eingeschaltet hatte, eine Neuerwerbung anstelle der viktorianischen mit den kunstvollen Fransen, die zu dieser möblierten Mietwohnung in der Gegend von Knightsbridge gehörte.

Judith dehnte und streckte sich, während sie zum Fenster ging und auf die Montpelier Street hinunterblickte. An diesem grauen Januartag kündigte sich bereits um 15 Uhr 30 die nahende Dämmerung an, und die leicht vibrierenden Fensterscheiben zeugten von dem nach wie vor scharfen Wind.

Sie mußte unwillkürlich lächeln, als sie an den Brief dachte, den sie auf ihre Anfrage wegen dieser Wohnung erhalten hatte:

»Liebe Judith Case,
die Wohnung ist vom 1. September bis 1. Mai verfügbar. Ihre Referenzen sind überaus zufriedenstellend, und es ist mir ein tröstlicher Gedanke, daß Sie an Ihrem neuen Buch schreiben werden. Der Bürgerkrieg im England des

17. Jahrhunderts hat sich für romantische Fabulierer als nahezu unerschöpfliche Quelle erwiesen, und es ist erfreulich, daß eine seriöse Autorin historischer Werke von Ihrem Rang dieses Thema gewählt hat. Die Wohnung ist bescheiden, aber geräumig; ich nehme an, sie wird Ihnen entsprechen. Der Lift ist häufig außer Betrieb; immerhin sind drei Treppen ja durchaus zu meistern, meinen Sie nicht? Ich selber gehe am liebsten zu Fuß hoch.«

Der Brief trug die Unterschrift *Beatrice Ardsley* in deutlichen, hauchdünnen Buchstaben. Durch gemeinsame Freunde wußte Judith, daß Lady Ardsley dreiundachtzig war.

Als sie das Fensterbrett mit den Fingerspitzen berührte, spürte sie den naßkalten Luftstrom, der durch den Holzrahmen drang. Wenn sie sich beeilte, bliebe ihr gerade noch Zeit für ein heißes Bad, überlegte sie fröstelnd. Die Straße draußen war nahezu leer. Ein paar Passanten eilten vorbei, mit eingezogenem Kopf und hochgeschlagenem Mantelkragen. Als sie sich abwandte, sah sie ein Kleinkind, das direkt unter ihrem Fenster die Straße entlanglief. Entsetzt beobachtete Judith, wie das kleine Mädchen stolperte und auf die Fahrbahn fiel. Wenn ein Auto um die Ecke bog, würde der Fahrer sie nicht rechtzeitig bemerken. Etwas weiter unten näherte sich ein älterer Mann. Sie zerrte am Fenster, um ihn zu Hilfe zu rufen, aber da tauchte eine junge Frau aus dem Nichts auf, hastete auf die Fahrbahn, ergriff das Kind und barg es in den Armen.

»Mami, Mami«, hörte Judith es schreien.

Sie schloß die Augen und vergrub das Gesicht in den

Händen, als sie sich selber laut jammern hörte: »Mami, Mami.« Großer Gott. Nicht schon wieder!

Sie zwang sich, die Augen zu öffnen. Die Frau und das kleine Mädchen waren verschwunden, wie sie erwartet hatte. Nur der alte Mann tappte vorsichtig den Bürgersteig entlang.

Das Telefon klingelte, als sie eine Diamantnadel an der Jacke ihres Cocktailkostüms aus Ripsseide befestigte. Stephen.

»Wie ging's heute mit dem Schreiben, Darling?« fragte er.

»Sehr gut, denke ich.« Judith spürte, wie sich ihr Puls beschleunigte. Sechsundvierzig, und beim Klang von Stephens Stimme bekam sie Herzklopfen wie ein Schulmädchen.

»Judith, das Kabinett ist zu einer Dringlichkeitssitzung einberufen worden, und die wird sich hinziehen. Bist du sehr böse, wenn wir uns erst bei Fiona treffen? Ich schicke dir den Wagen.«

»Tu das nicht. Mit dem Taxi geht's schneller. Wenn du zu spät kommst, haben dich Staatsgeschäfte aufgehalten. Mir würde man es nur als schlechtes Benehmen ankreiden.«

Stephen lachte. »Du machst mir das Leben wahrhaftig leicht!« Er senkte die Stimme. »Ich bin vernarrt in dich, Judith. Laß uns nur so lange auf der Party bleiben, wie wir unbedingt müssen, und dann irgendwo in Ruhe zu Abend essen.«

»Ausgezeichnet. Auf Wiedersehen, Stephen. Ich liebe dich.«

Judith legte den Hörer auf, ein Lächeln umspielte ihre

Lippen. Vor zwei Monaten hatte sie bei einer Abendgesellschaft Sir Stephen Hallett als Tischnachbarn gehabt. »Einfach das Nonplusultra in England«, vertraute ihr Fiona Collins, die Gastgeberin, an. »Sieht phantastisch aus. Charmant. Hochintelligent. Innenminister. Er wird der nächste Premierminister, das ist allgemein bekannt. Und der Clou, Judith, mein Schatz, er ist zu haben.«

»Ich bin Stephen Hallett vor Jahren ein- oder zweimal in Washington begegnet«, erwiderte Judith. »Kenneth und ich hatten ihn sehr gern. Aber ich bin nach England gekommen, um ein Buch zu schreiben, nicht, um mich mit einem wenn auch noch so charmanten Mann einzulassen.«

»Ach, Unsinn«, fuhr Fiona sie an. »Du bist seit zehn Jahren Witwe, das reicht. Du hast dir als Schriftstellerin einen Namen gemacht. Es ist wirklich angenehm, Schätzchen, einen Mann im Haus zu haben, besonders wenn die Adresse Downing Street 10 lautet. Meine Nase sagt mir — ihr beide wärt ein ideales Paar. Du bist eine schöne Frau, Judith, aber du signalisierst ständig ›Bleibt mir vom Halse, ich bin nicht interessiert‹. Bitte spar dir das heute abend.«

Sie hatte nicht signalisiert. Und an jenem Abend hatte Stephen sie nach Hause begleitet und war auf einen Drink mit heraufgekommen. Sie hatten sich bis zum Anbruch der Dämmerung unterhalten. Zum Abschied hatte er sie leicht auf den Mund geküßt. »Ich kann mich nicht erinnern, je im Leben einen so anregenden Abend verbracht zu haben«, hatte er geflüstert.

Es war nicht ganz so einfach, ein Taxi zu finden, wie sie angenommen hatte. Judith wartete zehn Minuten in der Kälte, bis endlich eines vorbeikam. Als sie am Bordstein stand, versuchte sie, den Blick auf die Fahrbahn zu vermeiden. Dies war genau die Stelle, wo sie vom Fenster aus die Kleine fallen gesehen hatte. Oder es sich einbildete ...

Fiona bewohnte eine Regency-Villa in Belgravia. Als Unterhausabgeordnete bereitete es ihr Vergnügen, mit der scharfzüngigen Lady Astor verglichen zu werden. Ihr Ehemann Desmond gehörte als Präsident eines weltweiten Verlagsimperiums zur Machtelite Englands.

Judith ließ ihren Mantel in der Garderobe und ging dann nach nebenan in die Damentoilette. Nervös tupfte sie sich etwas Glanz auf die Lippen und strich sich die vom Wind zerzausten Haare aus dem Gesicht. Sie hatte noch ihre natürliche dunkelbraune Haarfarbe und deshalb die paar Silbersträhnen bisher nicht tönen lassen. Ein Interviewer hatte ihre Augen einmal als saphirblau bezeichnet und ihren porzellanzarten Teint als Hinweis auf ihre vermeintliche englische Abstammung.

Es wurde Zeit, in den Empfangsraum zu gehen und sich von Fiona herumreichen zu lassen. Sie verzichtete dabei nie auf einen Kommentar, der sich wie der Werbetext für den Schlußverkauf anhörte: »Meine sehr liebe Freundin Judith Chase. Eine der angesehensten Schriftstellerinnen in Amerika. Pulitzer-Preis. American Book Award. Warum sich dieses bewundernswerte Wesen auf Revolutionen spezialisiert, wo ich ihr jede Menge köstlichen Klatsch liefern könnte, werde ich nie verstehen. Trotzdem sind ihre Bücher über die Französische und die Amerikanische Revolution einfach hervorragend und lesen sich dabei wie Romane. Jetzt schreibt sie über unseren Bürgerkrieg, Karl I. und Cromwell. Das Thema absorbiert sie restlos. Ich befürchte stark, daß sie einige finstere Geheimnisse herausfindet, die manche von uns lieber nicht über unsere Vorfahren wissen möchten.«

Fiona stoppte ihren Redefluß erst, wenn sie ganz sicher war, daß sie jeden Anwesenden über die Persönlichkeit Judiths aufgeklärt hatte; sobald dann Stephen erschien, machte sie eilends die Runde, um überall flüsternd zu verbreiten, der Innenminister und Judith seien hier, in diesem Hause, Tischnachbarn gewesen, und jetzt . . . Augenrollen und vielsagendes Schweigen.

Am Eingang zum Empfangsraum hielt Judith kurz inne, um das Bild in sich aufzunehmen. Fünfzig bis sechzig Personen, schätzte sie rasch, zumindest die Hälfte davon vertraute Gesichter: führende Parlamentarier, ihre englischen Verleger, Fionas adlige Freunde, ein berühmter Dramatiker . . . Sooft sie diesen Raum betrat, schoß es ihr durch den Kopf, war sie immer wieder hingerissen von der erlesenen Schlichtheit der in gedämpften Farbtönen bezogenen antiken Sofas, den museumsreifen Gemälden, den zauberhaft dezent drapierten schmalen Vorhängen, von denen die Glastüren zum Garten eingerahmt wurden.

»Miss Chase, das stimmt doch?«
»Ja.« Judith nahm ein Glas Champagner von einem Kellner entgegen, während sie Harley Hutchinson, Fernsehstar und Englands führender Klatschkolumnist, mit einem unverbindlichen Lächeln bedachte. Anfang Vierzig, lang und dürr, neugierige haselnußbraune Augen, glattes braunes Haar, das ihm in die Stirn fiel.

»Ich darf Ihnen doch sagen, daß Sie heute bezaubernd aussehen?«

»Vielen Dank.« Judith lächelte kurz und wollte weitergehen.

»Es ist immer ein Genuß, wenn eine schöne Frau auch noch einen untrüglichen Sinn für Mode besitzt. Eine Kombination, die man bei der Oberschicht hierzulande selten antrifft. Wie läuft's mit Ihrem Buch? Finden Sie unsere kleinen Querelen zu Cromwells Zeit ebenso interessant, wie über die französischen Bauern und die amerikanischen Kolonisten zu schreiben?«

»Nun, ich denke, Ihre kleinen Querelen können es mit den anderen durchaus aufnehmen.« Judith spürte, wie die durch ihre Halluzination von dem kleinen Mädchen hervorgerufene Angst zu schwinden begann. Der kaum verhüllte Sarkasmus, den Hutchinson als Waffe benutzte, brachte sie wieder ins Gleichgewicht.

»Eine Frage, Miß Chase. Halten Sie Ihr Manuskript bis zur Fertigstellung unter Verschluß, oder lassen Sie andere an dem Schreibprozeß teilhaben? Manche Schriftsteller sprechen gern über ihr Tagewerk. Wieviel weiß beispielsweise Sir Stephen über Ihr neues Buch?«

Judith fand es an der Zeit, ihn zu ignorieren. »Entschuldigen Sie mich bitte. Ich habe Fiona noch nicht begrüßt.« Sie durchquerte den Raum, ohne Hutchinsons Antwort abzuwarten. Fiona drehte ihr den Rücken zu. Als Judith sie ansprach, wandte sie sich um, küßte sie rasch auf die Wange und murmelte: »Gleich, Schätzchen. Endlich habe ich Dr. Patel erwischt und möchte unbedingt hören, was er zu sagen hat.«

Dr. Reza Patel, der weltbekannte Psychiater und Neurobiologe. Judith musterte ihn eingehend. Um die Fünfzig. Feurige schwarze Augen unter buschigen Brauen. Häufiges Stirnrunkeln, wenn er redete. Dichtes dunkles Haar, das sein ebenmäßiges braunes Gesicht umrahmte. Gutgeschnittener grauer Nadelstreifenanzug. Außer Fiona umdrängten ihn noch vier bis fünf andere und lauschten ihm — von skeptisch bis andächtig. Judith wußte, daß Patels Fähigkeit, Patienten unter Hypnose in die Frühkindheit zurückzuversetzen und sie traumatische Erfahrungen genau schildern zu lassen, als größter Durchbruch in der Psychoanalyse innerhalb einer Generation galt. Sie wußte auch, daß seine neue Theorie, die er das Anastasia-Syndrom nannte, die wissenschaftliche Welt schockiert und beunruhigt hatte.

»Ich rechne nicht damit, den Beweis für meine Theorie in absehbarer Zeit antreten zu können«, sagte Patel. »Aber immerhin haben noch vor zehn Jahren viele über mich gespottet, weil ich die Auffassung vertrat, eine Kombination von leichter Meditation und Hypnose könne die von der Psyche als Selbstschutz errichteten Blockierungen lösen. Heute ist diese Theorie akzeptiert und wird allgemein angewendet. Wozu muß sich ein Mensch einer jahrlangen Analyse unterziehen, um die Ursachen seines speziellen Problems herauszufinden, wenn sich das gleiche Resultat in ein paar kurzen Sitzungen erzielen läßt?«

»Aber beim Anastasia-Syndrom verhält es sich doch sicher ganz anders?« wandte Fiona ein.

»Anders ja, und trotzdem verblüffend ähnlich.« Patel machte eine Handbewegung. »Sehen Sie sich die Leute in diesem Raum an. Typische Vertreter der britischen Elite. Intelligent. Informiert. Bewährte Führungskräfte. Jeder von ihnen könnte sich als Vehikel eignen, die großen säkularen Führer zurückzubringen. Überlegen Sie nur, wieviel besser es um die Welt bestellt wäre, wenn uns heute beispielsweise der Rat von Sokrates zur Verfügung stünde. Sehen Sie, dort steht Sir Stephen Hallett. Meiner Meinung nach wird er einen vorzüglichen Premier abgeben, aber wäre es nicht eine zusätzliche Beruhigung, wenn man wüßte, daß Disraeli oder Gladstone als Ratgeber bereitstehen? Daß sie buchstäblich Teil seines Wesens sind?«

Stephen! Judith drehte sich rasch um, hielt dann inne, als Fiona losstürzte, um ihn zu begrüßen. Da sie merkte, daß Hutchinson sie beobachtete, blieb sie mit Vorbedacht bei Dr. Patel, als der Kreis um ihn sich auflöste. »Wenn ich Ihre Theorie richtig verstehe, Doktor, wurde diese Anna Anderson, die behauptete, Anastasia zu sein, wegen eines Nervenzusammenbruchs behandelt. Sie glauben nun, daß sie während einer Sitzung — unter Hypnose und Medikamenten — versehentlich in jenen Keller in Rußland zurückversetzt wurde, und zwar genau in dem Augenblick, in dem die Großfürstin Anastasia zusammen mit der übrigen Zarenfamilie ermordet wurde.«

Patel nickte. »Das ist exakt meine Theorie. Die Seele der Großfürstin ist nach dem Verlassen ihres Körpers nicht ins Jenseits, sondern in den von Anna Anderson eingegangen. Die beiden Persönlichkeiten wurden eins. Anna Anderson wurde in Wahrheit zur lebenden Verkörperung Anastasias — mit ihren Erinnerungen, ihren Gefühlen, ihrer Intelligenz.«

»Und was geschah mit Anna Andersons Persönlichkeit?« fragte Judith.

»Da gab es anscheinend keinerlei Konflikt. Sie war eine hochintelligente Frau, stellte sich aber bereitwillig der neuen Situation als überlebende Thronerbin Rußlands.«

»Aber warum Anastasia? Warum nicht ihre Mutter, die Zarin, oder eine ihrer Schwestern?«

Patel zog die Stirn hoch. »Eine sehr scharfsinnige Frage, Miß Chase. Damit haben Sie genau auf das einzige Problem beim Anastasia-Syndrom hingewiesen. Aus der Geschichte wissen wir, daß Anastasia unter den weiblichen Familienmitgliedern bei weiten die willensstärkste war. Vielleicht haben die anderen ihren Tod ergeben hingenommen und den Weg ins Jenseits angetreten. Sie war nicht bereit zu gehen, kämpfte um den Verbleib in dieser Zeitzone und nahm die zufällige Gegenwart von Anna Anderson wahr, um sich ans Leben festzuklammern.«

»Damit sagen Sie also, die einzigen Menschen, die Sie theoretisch zurückbringen könnten, wären diejenigen, die gegen ihren Willen starben, die verzweifelt weiterleben wollten?«

»Genau. Eben deshalb erwähne ich Sokrates, der gezwungen wurde, den Schierlingsbecher zu leeren, im Gegensatz zu Aristoteles, der eines natürlichen Todes starb. Aus dem gleichen Grund war es in der Tat leichtfertig dahingeredet, als ich meinte, Sir Stephen könnte ein geeignetes Medium sein, das Essentielle von Disraeli in sich aufzunehmen. Disraeli starb friedlich, aber eines Tages werde ich auch die Kenntnisse besitzen, um die in Frieden Ruhenden zurückzurufen, deren moralische Führungsqualitäten wieder benötigt werden. Und jetzt ist Sir

Stephen auf dem Weg zu Ihnen.« Patel lächelte. »Ich darf mir die Bemerkung erlauben, daß ich höchste Bewunderung für Ihre Bücher empfinde. Es macht Freude, einem derart fundierten Wissen zu begegnen.«

»Vielen Dank.« Sie mußte ihm diese Frage stellen, die sie nun heraussprudelte: »Sie konnten doch Menschen dazu verhelfen, Dr. Patel, sich frühkindliche Erinnerungen wieder ins Gedächtnis zu rufen, nicht wahr?«

»Ja.« Er betrachtete sie mit gespannter Aufmerksamkeit. »Das ist doch keine müßige Frage.«

»Nein.«

Patel griff in die Tasche und reichte ihr seine Karte. »Falls Sie mich zu sprechen wünschen, rufen Sie bitte an.«

Judith spürte eine Hand auf ihrem Arm und blickte hoch in Stephens Gesicht. Sie bemühte sich um einen neutralen Tonfall. »Stephen, schön, dich zu sehen. Kennst du Dr. Patel?«

Stephen nickte Patel kurz zu, hakte sie unter und steuerte sie zum anderen Ende des Raumes. »Darling«, murmelte er, »warum um Himmels willen verschwendest du auch nur ein Wort an diesen Scharlatan?«

»Er ist kein . . .« Judith hielt inne. Von Stephen Hallett konnte man wohl am allerwenigsten erwarten, daß er Dr. Patels Theorien beipflichtete. Die Zeitungen hatten bereits über Patels These berichtet, daß Stephen ein geeigneter Kandidat wäre, Disraelis Geist zu rezipieren. Sie lächelte ihm zu, ohne sich in diesem Augenblick darum zu kümmern, daß fast sämtliche Anwesenden sie beobachteten.

Die Szene geriet in Bewegung, als die Premierministerin von der Gastgeberin an der Tür begrüßt wurde. »Oft lasse ich mich nicht auf diesen Cocktailparties sehen, aber Ihnen zuliebe . . .« sagte sie zu Fiona.

Stephen legte den Arm um Judith. »Es wird allmählich Zeit, daß du die Premierministerin kennenlernst, Darling.«

Sie aßen in Brown's Hotel zu Abend. Bei Salat und Seezunge Véronique berichtete ihr Stephen von seinem Tagesablauf. »Vielleicht der frustrierendste seit mindestens einer Woche. Zum Kuckuck, Judith, die Premierministerin muß die Denkpause schleunigst beenden. Die Stimmung im Land verlangt Neuwahlen. Wir brauchen ein Mandat, und das weiß sie auch. Labour weiß es, und wir sind an einem toten Punkt angelangt. Und trotzdem verstehe ich's. Falls sie nicht für die Wiederwahl kandidiert, dann ist der Fall damit natürlich erledigt. Wenn meine Zeit gekommen ist, wird es mir sehr schwerfallen, mich aus dem öffentlichen Leben zurückzuziehen.«

Judith stocherte in ihrem Salat herum. »Das öffentliche Leben ist dein ein und alles, stimmt's, Stephen?«

»In all den Jahren von Janes Krankheit war es meine Rettung. Es nahm mich zeitlich, geistig und kräftemäßig voll in Anspruch. Ich kann dir gar nicht schildern, mit wie vielen Frauen ich in den drei Jahren seit ihrem Tod bekanntgemacht wurde. Mit einigen bin ich ausgegangen und merkte dann, daß ihre Namen und Gesichter alle ineinander verschmolzen. Soll ich dir einen interessanten Test für Frauen verraten? Wenn sie eine gemeinsame Unternehmung geplant hat und er aus zwingenden Gründen zu spät kommt, zeigt sie da ihren Ärger? An einem kalten Novemberabend bin ich dann dir bei Fiona begegnet, und das Leben hat sich verändert. Wenn sich jetzt die Schwierigkeiten auftürmen, flüstert eine leise Stimme: ›In ein paar Stunden triffst du Judith‹.«

Er langte über den Tisch und berührte ihre Hand. »Nun laß mich meine Frage stellen. Du hast dir eine überaus erfolgreiche Karriere geschaffen. Wie du mir erzählt hast, arbeitest du manchmal die Nacht durch oder verkriechst dich tagelang, um einen Termin einzuhalten. Ich würde deine Arbeit ebenso respektieren wie du die meine, aber es könnte sehr oft vorkommen, daß ich dich brauche, um mit mir zusammen irgendwelche Veranstaltungen zu besuchen oder um mich auf Auslandsreisen zu begleiten. Wäre das eine Belastung, Judith?«

Judith starrte in ihr Glas. In den zehn Jahren seit Kenneth' Tod war es ihr gelungen, sich ein neues Leben aufzubauen. Sie hatte als Journalistin bei der *Washington Post* gearbeitet, als Kenneth, Korrespondent für Potomac Cable Network im Weißen Haus, bei einem Flugzeugabsturz ums Leben kam. Die Versicherungssumme reichte, um ihre Stellung aufzugeben und sich an die Verwirklichung des Plans zu machen, der sie verfolgte, seitdem sie das erste Buch von Barbara Tuchman gelesen hatte. Sie war fest entschlossen, seriöse historische Bücher zu schreiben.

Die unzähligen Stunden für mühselige Recherchen, die langen Nächte an der Schreibmaschine, das Umschreiben und Redigieren — all das hatte sich gelohnt. Ihr erstes Buch über die Amerikanische Revolution *The World Is Upside Down*, erhielt den Pulitzer-Preis und wurde ein Bestseller. Ihr zweites, vor zwei Jahren erschienenes Buch über die Französische Revolution, *Darkness at Versailles,* war ebenso erfolgreich und wurde mit dem American Book Award ausgezeichnet. Die Kritiker nannten sie »eine faszinierende Geschichtenerzählerin, die kenntnisreich wie ein Universitätslehrer in Oxford schreibt«.

Judith fixierte Stephen. Das gedämpfte Licht der Wandleuchter und der Kerze, die unter einem Glassturz auf dem Tisch flackerte, ließ die scharfen Konturen seiner aristokratischen Gesichtszüge weicher erscheinen und unterstrich das tiefe Graublau der Augen. »Ich denke, ich liebe meine Arbeit genau wie du und habe mich darin vergraben, um zu verdrängen, daß ich im wahren Sinn des Wortes kein eigenes Leben hatte, seit Kenneth starb. Es gab eine Zeit, da konnte ich Termine einhalten und trotzdem alle Verpflichtungen als Ehefrau eines Korrespondenten beim Weißen Haus spielend einbauen. Ich finde, es trägt reiche Früchte, Frau und Schriftstellerin zugleich zu sein.«

Stephen griff lächelnd nach ihrer Hand. »Du siehst, wir denken auf der gleichen Wellenlänge, stimmt's?«

Judith zog ihre Hand zurück. »Eines solltest du dir reiflich überlegen, Stephen. Mit vierundfünfzig bist du nicht zu alt, eine Frau zu heiraten, die dir ein Kind schenken kann. Ich habe mir immer Familie gewünscht, und diese Hoffnung wurde nicht erfüllt. Mit sechsundvierzig besteht da bestimmt keine Aussicht mehr.«

»Mein Neffe ist ein großartiger junger Mann und hängt sehr an Edge Barton Manor. Ich freue mich für ihn, daß er es eines Tages zusammen mit dem Titel erben wird. In meinem Alter fühle ich mich mit einer Vaterschaft einfach überfordert.«

Stephen kam auf einen Brandy mit nach oben. Sie tranken sich feierlich zu, um zu besiegeln, daß sie beide ihr Privatleben vor der Öffentlichkeit abschirmen wollten. Judith konnte jetzt, während sie an ihrem Buch schrieb, keine Klatschkolumnisten gebrauchen, die sie mit neugierigen Fragen belästigten. Und Stephen wollte, wenn es zu Neuwahlen kam, Auskunft über politische Sachfragen geben, nicht über seine Beziehung zu ihr. »Obwohl sie dich natürlich ins Herz schließen werden«, bemerkte er. »Schön, begabt und eine britische Kriegswaise. Kannst du dir vorstellen, was das für ein Fest für sie ist, wenn sie uns in Verbindung bringen?«

Plötzlich stand ihr die Erinnerung an den Zwischenfall vom Nachmittag wieder lebhaft vor Augen. Das kleine Mädchen, *»Mami, Mami!«* Als sie vergangene Woche bei der Statue von Peter Pan in Kensington Gardens war, hatte sie die quälende Erinnerung verfolgt, schon einmal dort gewesen zu sein. Vor zehn Tagen war sie in Waterloo Station beinahe ohnmächtig geworden, fest überzeugt davon, daß sie eine Detonation gehört, die Trümmer herabregnen gespürt hatte ... »Es gibt da etwas, Stephen, das mir sehr wichtig ist. Ich weiß, daß sich niemand gemeldet hat, als ich in Salisbury gefunden wurde, aber ich war gut gekleidet, offensichtlich wohlbehütet. Gibt es irgendeinen Weg, wie ich meine leiblichen Angehörigen aufspüren könnte? Hilfst du mir dabei, Stephen?«

Sie fühlte, wie sich seine Arme strafften. »Meine Güte, Judith, daran solltest du nicht mal im Traum denken! Du hast mir erzählt, daß sämtliche Anstrengungen unternommen wurden, deine Angehörigen ausfindig zu machen, und kein einziger Anhaltspunkt zutage kam. Deine nächsten Verwandten sind vermutlich bei den Luftangriffen umgekommen. Und selbst wenn es möglich wäre, hätte es uns gerade noch gefehlt, irgendeinen obskuren Vetter aufzustöbern, der sich dann als Dealer oder als Terrorist herausstellt. Bitte, schlag dir das mir zuliebe aus dem Kopf, zumindest so lange, wie ich in der Öffentlichkeit stehe. Danach helfe ich dir, das verspreche ich.«

»Cäsars Frau muß ohne Fehl sein?«

Er zog sie an sich. Sie spürte die feine Wolle seines Jacketts an ihrer Wange, spürte die Kraft seiner Arme, die sie umschlossen. Sein Kuß, leidenschaftlich, verlangend, erregte sie, erweckte Gefühle und Wünsche in ihr, die sie entschlossen unterdrückt hatte, als sie Kenneth verlor. Doch trotzdem wußte sie, daß sie mit der Suche nach ihren leiblichen Angehörigen nicht endlos warten konnte.

Sie löste sich aus der Umarmung. »Du hast doch in aller Herrgottsfrühe eine Konferenz«, erinnerte sie ihn. »Und ich möchte versuchen, heute nacht noch ein Kapitel zu schreiben.«

Stephens Lippen streiften ihre Wange. »Das habe ich mir selbst eingebrockt, ich weiß. Aber du hast ganz recht, zumindest für den Augenblick.«

Judith beobachtete am Fenster, wie Stephens Chauffeur ihm die Tür des Rolls-Royce aufhielt. Es mußte zu Neuwahlen kommen. Würde sie demnächst als Frau des Premierministers von Großbritannien in diesem Rolls-Royce fahren? Sir Stephen und Lady Hallett ...

Sie liebte Stephen. Weshalb dann diese Angst? Ungeduldig ging sie ins Schlafzimmer, zog ein Nachthemd und einen warmen wollenen Morgenrock an und kehrte an ihren Schreibtisch zurück. Nach wenigen Minuten schrieb sie konzentriert an dem nächsten Kapitel ihres Buches über den Bürgerkrieg in England. Die Ursachen des Konflikts hatte sie bereits behandelt, die verheerenden Steuerforderungen, die Auflösung des Parlaments, das Beharren auf der königlichen Gerichtsbarkeit, die Hinrichtung Karls I., die Jahre Cromwells, die Restauration der Monarchie. Nun würde sie sich mit dem Schicksal der Königsmörder befassen, der Männer, die den Hinrichtungsbefehl für Karl I. geplant, unterzeichnet oder vollstreckt hatten und dafür die rasche Vergeltung durch seinen Sohn, Karl II., zu spüren bekamen.

Ihr erstes Ziel am nächsten Morgen war das Staatsarchiv in Chancery Lane. Harold Wilcox, der stellvertretende Leiter, zog bereitwillig Stapel von vergilbten Dokumenten heraus, in denen sich der Staub von Jahrhunderten gesammelt zu haben schien.

Wilcox hegte größte Bewunderung für Karl II. »Als knapp Sechzehnjähriger mußte er zum erstenmal aus dem Land flüchten, um dem Schicksal, das seinem Vater drohte, zu entgehen. Ein schlaues Kerlchen, der Prinz. Entwischte durch die Linien der Rundköpfe in Truro und segelte nach Jersey und weiter nach Frankreich. Er kam zurück, um die Royalisten zu führen, floh abermals nach Frankreich, hielt sich dort und in Holland auf, bis England zur Vernunft kam und um seine Rückkehr bat.«

»Er lebte bei Brede. Ich bin dort gewesen«, warf Judith ein.

»Ein interessanter Ort, finden Sie nicht? Und wenn Sie sich umschauen, entdecken Sie bei vielen gewisse charakteristische Merkmale der Stuarts. Karl II. war ein Frauenfreund. In Breda unterzeichnete er die berühmte Erklärung, die den Henkern seines Vaters Begnadigung verhieß.«

»Er hat sein Versprechen nicht gehalten. Tatsächlich war diese Erklärung nichts weiter als eine wohlformulierte Lüge.«

»Er schrieb, er werde Gnade walten lassen, wo dies *erwünscht* und *verdient* sei. Doch weder er noch seine Berater glaubten, daß jeder diese Gnade verdiente. Neunundzwanzig Männer wurden wegen Königsmord vor Gericht gestellt. Andere zeigten sich selbst an und wurden ins Gefängnis gesteckt. Die für schuldig Befundenen wurden gehängt, ausgeweidet und geviertelt.«

Judith nickte. »Ja. Aber es gab nie eine eindeutige Erklärung dafür, daß der König auch bei der Enthauptung einer Frau zugegen war, Lady Margaret Carew, verheiratet mit einem der Königsmörder. Was für ein Verbrechen hatte sie begangen?«

Harold Wilcox runzelte die Stirn. »Um historische Ereignisse ranken sich immer Gerüchte. Damit befasse ich mich nicht.«

Auf das naßkalte winterliche Wetter der letzten paar Tage war strahlender Sonnenschein mit einer fast linden Brise gefolgt. Vom Staatsarchiv ging Judith zu Fuß bis Cecil Court und stöberte den Rest des Vormittags in den alten Buchhandlungen. In der Gegend wimmelte es von Touristen, für sie ein Beweis, daß die Reisesaison sich jetzt über volle zwölf Monate erstreckte. Und dann machte sie sich klar, daß sie in den Augen der Briten ebenfalls eine Touristin war.

Beide Arme mit Büchern beladen, beschloß sie, sich

auf die Schnelle einen Lunch in einer der kleinen Teestuben um Convent Garden zu genehmigen. Als sie sich über den belebten Marktplatz einen Weg bahnte, blieb sie stehen, um den Jongleuren und Holzschuhtänzern zuzusehen, die an diesem unverhofft schönen Tag besonders fröhlich gestimmt schienen.

Und dann geschah es. Das anhaltende, durchdringende Heulen der Sirenen erfüllte die Luft. Die Bomben verdunkelten die Sonne, stürzten auf sie zu; das Gebäude hinter den Jongleuren löste sich in Schutt und Asche auf. Sie erstickte. Der heiße Rauch versengte ihr Gesicht, nahm ihr den Atem. Ihre Arme erschlafften, und die Bücher fielen auf den Boden.

Verzweifelt tastete sie umher, auf der Suche nach einer hilfreichen Hand. »Mami«, flüsterte sie, »ich kann dich nicht finden, Mami.« Ein Schluchzen stieg ihr in die Kehle, als die Sirenen verstummten, die Sonne wiederkam, der Rauch sich verzog. Sobald die Sehschärfe zurückkehrte, merkte sie, daß sie sich am Ärmel einer zerlumpten Frau festklammerte, die eine Schale mit Plastikblumen trug. »Alles in Ordnung, Kindchen?« erkundigte sich die Frau. »Sie werden doch jetzt nicht schlappmachen?«

»Nein. Nein. Mir geht's gut.« Irgendwie schaffte sie es, die Bücher aufzusammeln, eine Teestube anzusteuern. Von der Speisekarte, die ihr die Kellnerin reichte, nahm sie keine Notiz, sondern bestellte nur Tee und Toast. Als er kam, zitterten ihre Hände noch immer so heftig, daß sie die Tasse kaum halten konnte.

Beim Bezahlen zog sie die Karte, die ihr Dr. Patel auf Fionas Party gegeben hatte, aus der Brieftasche. In Convent Garden hatte sie eine Telefonzelle entdeckt. Von dort würde sie ihn anrufen.

Laß mich ihn erreichen, betete sie, während sie die Nummer wählte.

Die Sprechstundenhilfe wollte sie nicht mit ihm verbinden. »Dr. Patel hat gerade die letzte Konsultation beendet. Nachmittags ist keine Sprechstunde. Ich kann Ihnen für nächste Woche einen Termin geben.«

»Sagen Sie ihm nur meinen Namen und daß es sich um einen Notfall handelt.« Judith schloß die Augen. Das Heulen der Sirenen. Es fing von neuem an.

Und dann hörte sie Dr. Patels Stimme. »Sie haben ja meine Adresse, Miß Chase. Kommen Sie sofort her.«

Als sie seine Praxis in der Welbeck Street betrat, hatte sie sich wieder einigermaßen unter Kontrolle. Eine magere Vierzigerin im weißen Kittel, das blonde Haar zu einem straffen Nackenknoten aufgesteckt, ließ sie herein. »Ich bin Rebecca Wadley, Dr. Patels Assistentin«, erklärte sie. »Der Doktor erwartet Sie.«

Das Wartezimmer war klein, sein Behandlungsraum dagegen recht groß. Mit Kirschholz getäfelt, einer Bücherwand, einem massiven Schreibtisch aus Eichenholz, mehreren bequemen Sesseln und in der Ecke eine unauffällige Couch mit verstellbarer Rückenlehne, wirkte es wie ein Studierzimmer. Keine Spur von klinischer Atmosphäre.

In ihrem Unterbewußtsein registrierte Judith sämtliche Einzelheiten, als sie auf seine Aufforderung hin ihre Taschen auf einem Marmortisch neben der Tür zum Wartezimmer ablegte. Ein automatischer Blick in den darüber hängenden Spiegel zeigte ihr zu ihrer Bestürzung, daß ihr

Gesicht leichenblaß war, die Lippen aschgrau, die Pupillen geweitet.

»Ja, Sie sehen aus wie jemand, der gerade einen Schock erlitten hat«, stellte Dr. Patel fest. »Kommen Sie, setzen Sie sich. Erzählen Sie mir genau, was passiert ist.«

Die gewisse Jovialität, die er bei der Party hervorgekehrt hatte, war verschwunden. Er hörte mit ernster, gesammelter Miene zu. Gelegentlich unterbrach er sie, um mit einer gezielten Frage nachzuhaken. »Sie waren noch keine zwei Jahre alt, als man Sie, in Salisbury herumirrend, fand. Sie hatten entweder noch nicht angefangen zu sprechen oder konnten wegen des Schocks kein Wort herausbringen. Sie trugen keine Erkennungsmarke. Für mich heißt das, Sie müssen mit einem Erwachsenen gefahren sein. In solchen Fällen hatte leider meist die Mutter oder das Kindermädchen die Erkennungsmarken bei sich.«

»Mein Kleid und der Pullover waren handgemacht, das spricht meiner Meinung nach nicht dafür, daß man mich ausgesetzt hat.«

»Es wundert mich, daß eine Adoption genehmigt wurde, noch dazu einem amerikanischen Ehepaar«, bemerkte Patel.

»Meine Adoptivmutter hat mich gefunden; sie war beim britischen *Women's Royal Naval Service* und mit einem amerikanischen Marineoffizier verheiratet. Ich war im Waisenhaus und fast vier, als sie die Adoptionsgenehmigung bekamen.«

»Sind Sie vorher schon einmal in England gewesen?«

»Wiederholt. Edward Chase, mein Adoptivvater, war nach dem Krieg im diplomatischen Korps. Wir haben in vielen Ländern gelebt, bis ich aufs College kam. Bei unseren Reisen nach England sind wir sogar in dem Waisenhaus gewesen. Merkwürdigerweise hatte ich daran nicht die leiseste Erinnerung. Es schien, als hätte ich von jeher bei ihnen gelebt, und ich habe mir darüber auch nie Gedanken gemacht. Aber jetzt sind sie seit Jahren tot, und ich habe fünf Monate in England verbracht und mich in die britische Geschichte vertieft. Dabei sind offenbar all meine englischen Gene in Aufruhr geraten. Ich fühle mich hier heimisch. Ich gehöre hierher.«

»Und nun werden die Abwehrmechanismen, die Sie in der Frühkindheit aufgebaut haben, ins Wanken gebracht?« Patel seufzte. »Das kommt vor. Doch meiner Meinung nach steckt mehr hinter diesen Vorfällen, diesen Halluzinationen, als Sie realisieren. Weiß Sir Stephen, daß Sie mich aufgesucht haben?«

Judith schüttelte den Kopf. »Nein. Er wäre darüber sehr ärgerlich.«

»Er etikettiert mich vermutlich als ›Scharlatan‹, richtig?«

Sie antwortete nicht. Ihre Hände zitterten immer noch. Sie verschränkte sie fest im Schoß.

»Schon gut«, sagte Patel. »Ich sehe hier drei Faktoren. Sie versenken sich in die englische Geschichte — zwingen gewissermaßen Ihr Gedächtnis, zurückzugehen in die Vergangenheit. Ihre Adoptiveltern sind tot, und Sie empfinden es nicht mehr als Treulosigkeit ihnen gegenüber, wenn Sie nach Ihren leiblichen Angehörigen forschen. Und schließlich beschleunigt das Leben in London diese Vorfälle. Daß Sie in Ihrer Phantasie ein kleines Kind die Peter Pan-Statue in Kensington Gardens berühren sahen, läßt sich wahrscheinlich ganz leicht erklären. Sie könnten sehr wohl dort als Kind gespielt haben. Die Sirenen, die Bomben. Vielleicht haben Sie Luftangriffe erlebt, wobei sich dann allerdings die Frage erhebt, wieso Sie allein in Salisbury herumirrten. Und nun möchten Sie, daß ich Ihnen helfe?«

»Bitte, Sie haben gestern gesagt, daß Sie Menschen in die früheste Kindheit zurückversetzen können.«

»Das gelingt nicht immer. Willensstarke Personen, zu denen ich Sie mit Sicherheit rechnen würde, kämpfen gegen die Hypnose an. Sie haben das Gefühl, Hypnose bedeutet, sich einem fremden Willen zu unterwerfen. Deshalb brauche ich Ihre Einwilligung, diesen Widerstand, falls nötig, durch Verabreichung eines leichten Medikaments zu neutralisieren. Denken Sie darüber nach. Können Sie nächste Woche wiederkommen?«

»Nächste Woche?« Natürlich durfte sie nicht erwarten, daß er sie sofort behandeln könnte. Judith rang sich ein Lächeln ab. »Morgen früh rufe ich Ihre Sprechstundenhilfe an wegen eines Termins.« Sie wollte auf den Tisch zugehen, auf dem sie ihre Umhängetasche und die Bücher deponiert hatte.

Und sah sie. Dieselbe Kleine. Diesmal lief sie aus dem Zimmer. So nahe an ihr vorbei, daß sie das Kleid, das sie anhatte, sehen konnte. Den Pullover. Die gleichen Sachen, die *sie* getragen hatte, als sie in Salisbury aufgefunden wurde, und die jetzt in ihrer Wohnung in Washington in einem Kleiderschrank lagen.

Sie ging rasch einen Schritt vorwärts, weil sie das Gesicht des Kindes sehen wollte, doch die Kleine mit dem goldblonden Lockenkopf verschwand.

Judith wurde ohnmächtig.

Als sie wieder zu sich kam, lag sie auf dem Sofa in Dr. Patels Sprechzimmer. Rebecca Wadley hielt ihr ein Glasfläschchen unter die Nase. Der beißende Ammoniakgeruch ließ Judith zurückschrecken. Sie stieß die Flasche weg. »Mir geht's gut«, erklärte sie.

»Erzählen Sie mir, was passiert ist«, verlangte Patel. »Was haben Sie gesehen?«

Stockend schilderte Judith die Halluzination. »Werde ich langsam verrückt?« fragte sie. »Das bin einfach nicht *ich*. Kenneth hat immer gesagt, ich hätte mehr gesunden Menschenverstand als ganz Washington zusammengenommen. Was geschieht da?«

»Das ist ein Indiz, daß Sie dem Durchbruch nahe sind, näher, als ich annahm. Meinen Sie, daß Sie sich stark genug fühlen, jetzt mit der Behandlung zu beginnen? Werden Sie die erforderliche Einverständniserklärung unterschreiben?«

»Ja. Ja.« Judith schloß die Augen, als Rebecca Wadley ihr erläuterte, sie werde ihr jetzt die Bluse aufknöpfen, die Stiefel ausziehen und sie leicht zudecken. Aber dann unterschrieb sie mit ruhiger Hand die Formulare, die Rebecca Wadley ihr gab.

»Gut, Miß Chase, der Doktor wird jetzt die Behandlung einleiten. Liegen Sie bequem?«

»Ja.« Judith spürte, wie ihr Ärmel hochgerollt und eine Manschette um den Arm gelegt wurde; darauf folgte der Einstich in die Hand.

»Öffnen Sie die Augen, Judith. Sehen Sie mich an. Und dann fühlen Sie, wie Sie sich zu entspannen beginnen.«

Stephen, dachte Judith, als sie in das verschwimmende Gesicht von Reza Patel starrte. Stephen ...

Der Zierspiegel hinter dem Sofa war in Wirklichkeit ein Spion, der es ermöglichte, die Hypnosesitzungen vom Labor aus zu beobachten und zu filmen, ohne den Patienten zu beunruhigen. Rebecca Wadley eilte ins Labor. Sie schaltete eine Videokamera ein, den Monitor, die Gegensprechanlage und die Apparate, die Judiths Puls und Blutdruck kontrollieren sollten. Sorgfältig beobachtete sie, wie sich der Herzschlag verlangsamte und der Blutdruck fiel, als Patels Bemühungen, Judith in Hypnose zu versetzen, Wirkung zu zeigen begannen.

Judith fühlte, wie sie sich treiben ließ, wie sie reagierte auf Patels sanften Zuspruch, sie solle sich entspannen, in einen ruhigen Schlaf fallen. Nein, dachte sie. Nein. Sie begann, gegen die einlullende Schläfrigkeit anzukämpfen.

»Keine Reaktion. Abwehr«, sagte Revecca Wadley leise.

Patel nickte und injizierte Judith eine kleine Dosis des Mittels in die Hand.

Judith wollte den Wachzustand unbedingt erzwingen. Ihr Körper signalisierte ihr, nicht nachzulassen. Sie müßte sich mit aller Kraft, die Augen zu öffnen.

Abermals spritzte ihr Patel etwas von der Flüssigkeit ein.

»Sie sind an der Höchstgrenze, Doktor. Sie will es sich nicht gestatten, hypnotisiert zu werden. Sie gewinnt den Kampf.«

»Geben Sie mir die Flasche mit dem Litencum«, befahl Patel.

»Doktor, ich glaube nicht ...«

Patel hatte mit Hilfe dieser Droge bei schweren psychischen Störungen Blockierungen aufgehoben. Sie besaß die gleichen Eigenschaften wie die bei der Behandlung von Anna Anderson verwendete Substanz. In großer Menge verabreicht, würde sie nach Patels Überzeugung das Anastasia-Syndrom hervorrufen.

Rebecca Wadley, die Reza Patel als Genie verehrte und als Mann liebte, bekam es mit der Angst zu tun. »Tun Sie's nicht, Reza«, flehte sie.

Judith hörte ihre Stimme wie aus weiter Ferne. Die Schläfrigkeit verging. Sie bewegte sich.

»Geben Sie mir die Flasche«, befahl Patel.

Rebecca holte sie, machte sie auf, während sie vom Labor ins Sprechzimmer zurückeilte, sah zu, wie Patel einen Tropfen aufzog und ihn Judith in die Vene injizierte.

Judith spürte, wie sie davonglitt. Der Raum verschwand. Es war dunkel und warm, und sie trieb wieder schwerelos dahin.

Rebecca ging zurück ins Labor und kontrollierte die Monitore. Judiths Herzschlag hatte sich abermals verlangsamt. Ihr Blutdruck fiel. »Sie ist weg.«

Der Arzt nickte. »Judith, ich stelle Ihnen jetzt ein paar Fragen. Sie sind leicht zu beantworten. Sie werden dabei keinerlei Unbehagen oder Schmerz empfinden. Sie werden sich warm und wohl fühlen und so, als ob Sie dahintreiben. Wir beginnen mit dem heutigen Vormittag. Erzählen Sie mir von Ihrem neuen Buch. Haben Sie nicht dafür recherchiert?«

Sie war im Staatsarchiv, sprach mit dem stellvertretenden Leiter, berichtete Patel von der Restauration der Monarchie, von der Episode, die sie bei ihren ersten Recherchen entdeckt hatte und die sie faszinierte.

»Was war das für eine Episode, Judith?«

»Der König war bei der Enthauptung einer Frau zugegen. Karl II. war ungewöhnlich barmherzig. Er verhielt sich Cromwells Witwe gegenüber großzügig, verzieh sogar Cromwells Sohn, der Lordprotektor geworden war. In England sei genug Blut vergossen worden, erklärte er. Er war lediglich bei den Hinrichtungen der Männer anwesend, die das Todesurteil für seinen Vater unterzeichnet hatten. Wieso war er dann derart wütend auf eine Frau, daß er sich entschloß, ihrer Hinrichtung beizuwohnen?«

»Das fasziniert Sie?«

»Ja.«

»Und nach dem Staatsarchiv?«

»Ging ich nach Covent Garden.«

Rebecca Wadley hörte aufmerksam zu, als Dr. Patel begann, Judith zeitlich zurückzuversetzen — von ihrem Hochzeitstag mit Kenneth zu ihrem sechzehnten, dann ihrem fünften Geburtstag, vom Waisenhaus zu ihrer Adoption.

Judith war keine Durchschnittsfrau, das wurde Rebecca beim Zuhören bewußt. Die Klarheit ihrer Erinnerungen war verblüffend, selbst als sie immer weiter in die Kindheit zurückging. Rebecca hatte den Ablauf schon unzählige Male verfolgt und war stets von neuem zutiefst beeindruckt, wenn sie miterlebte, wie sich das Innere öffnete und seine Geheimnisse enthüllte, wenn sie einen selbstbewußten, differenzierten Erwachsenen sich undeutlich lallend wie ein Kleinkind artikulieren hörte.

»Judith, bevor Sie in das Waisenhaus gebracht wurden, bevor man Sie in Salisbury fand — erzählen Sie mir, woran Sie sich erinnern.«

Unruhig warf Judith den Kopf hin und her. »Nein. Nein.«

Der Monitor zeigte an, daß Judiths Herzschlag sich beschleunigte. »Sie versucht, abzublocken«, teilte Rebecca rasch mit. Dann sah sie zu ihrem Schrecken, daß Patel abermals etwas Flüssigkeit aus der Flasche aufzog. »Tun Sie's nicht, Doktor!«

»Sie ist ganz dicht dran. Ich darf jetzt nicht aufhören.«

Rebecca starrte auf den Bildschirm. Judiths Körper befand sich in einem völlig entspannten Zustand. Die Pulsfrequenz lag unter vierzig, der Blutdruck bei siebzig zu fünfzig. Gefährlich, dachte Rebecca, viel zu riskant. Sie wußte, daß in Patel ein Fanatiker steckte, hatte ihn aber noch nie so leichtfertig handeln gesehen.

»Erzähl mir, was dir Angst gemacht hat, Judith. Versuch's.«

Judiths Atem ging flach und stoßweise. Sie bildete jetzt keine vollständigen Sätze mehr und sprach mit der leisen, aber hohen Stimme eines Kleinkindes. Sie wollten mit dem Zug fahren. Sie hielt Mamis Hand. Sie begann zu schreien, das verängstigte Wimmern eines Kindes.

»Was ist geschehen? Erzähl's mir.« Patels Stimme klang sanft und freundlich.

Judith hielt sich krampfhaft an der Decke fest und jammerte laut nach ihrer Mutter. »Sie kommen wieder, genau wie da, wo wir gespielt haben. Mami hat gesagt: ›Lauf, lauf!‹ Mami wollte mich nicht an die Hand nehmen. Es ist so dunkel . . . Ich renne die Treppe rauf. Der

Zug ist da ... Mama hat gesagt, wir wollen mit dem Zug fahren.«

»Bist du in den Zug eingestiegen, Judith?«

»Ja. Ja.«

»Hast du mit jemand gesprochen?«

»Da war niemand. Ich war so müde. Ich wollte schlafen, damit Mami da ist, wenn ich aufwache.«

»Wann bist du aufgewacht?«

»Der Zug hat gehalten. Es war wieder hell. Ich bin die Treppe runtergegangen ... Danach kann ich mich an nichts erinnern.«

»Schon gut. Denk nicht mehr daran. Du bist ein gescheites kleines Mädchen. Kannst du mir sagen, wie du heißt?«

»Sarah Marrssh.«

Marsh oder Marrish, dachte Rebecca. Judith sprach jetzt wie eine Zweijährige.

»Wie alt bist du, Sarah?«

»Zwei.«

»Weißt du, wann du Geburtstag hast?«

»Vier'n Mai.«

Rebecca schaltete auf volle Lautstärke, machte sich Notizen, wobei sie Mühe hatte, das Kleinkindgetuschel zu deuten.

»Wo wohnst du, Sarah?«

»Kent Court.«

»Bist du gern dort?«

»Mami weint dauernd. Molly und ich spielen.«

»Molly? Wer ist Molly, Sarah?«

»Meine Schwester. Ich will zu Mami. Ich will zu meiner Schwester.«

Judith begann zu weinen.

Rebecca beobachtete den Monitor. »Steigende Pulsfrequenz. Sie wehrt sich wieder gegen Sie.«

»Wir hören jetzt auf«, erklärte Patel. Er berührte Judiths Hand. »Judith, Sie werden jetzt aufwachen. Sie fühlen sich ausgeruht, frisch und munter. Sie erinnern sich an alles, was Sie mir erzählt haben.«

Rebecca seufzte erleichtert auf. Gott sei Dank, dachte sie. Sie wußte, wie Patel darauf brannte, mit Litencum zu experimentieren. Sie wollte den Fernseher ausschalten und erstarrte, als sie in Judiths angstverzerrtes Gesicht blickte, ihren Aufschrei hörte: »Halt! Tut ihr das nicht an!«

Die Meßdaten auf den Monitoren gerieten aus den Fugen. »Herzflimmern«, erklärte Rebecca knapp.

Patel ergriff Judiths Hände. »Hören Sie zu, Judith. Sie müssen mir gehorchen.«

Doch Judith konnte ihn nicht hören. Sie stand auf einem Richtblock vor dem Tower — am 10. Dezember 1660 . . .

Entsetzt beobachtete sie, wie eine Frau in dunkelgrünem Kleid und Cape an den Toren des Tower vorbei durch die johlende Menge geführt wurde. Ihrem Aussehen nach mußte sie Ende Vierzig sein. Ihr kastanienbraunes Haar war von grauen Strähnen durchzogen. Sie ging aufrecht, ohne die Wächter, die sich um sie scharten, eines Blickes zu würdigen. Ihre schön gemeißelten Züge waren zu einer von Wut und Haß erfüllten Maske erstarrt. Man hatte ihr die Hände vorne mit dünnen, drahtartigen Schnüren zusammengebunden. Unten am Daumen glänzte eine rote sichelförmige Narbe im Morgenlicht.

Judith sah, daß die Menge sich teilte, um Dutzenden von Soldaten Platz zu machen, die in geordneter Formation auf eine drapierte Einfassung neben dem Richtblick zumarschierten. Die Reihen öffneten sich, um einen schlanken jungen Mann mit Federhut, dunklen Kniehosen und besticktem Wams vortreten zu lassen. Die Menge brach in lauten Jubel aus, als Karl II. die Hand zum Gruß hob.

Wie in einem Alptraum sah Judith die Frau, die zum Richtblock geführt wurde, vor einem langen Pfahl innehalten, auf den ein Schädel aufgespießt war. »Marsch, vorwärts«, befahl ein Soldat und versetzte ihr einen Stoß.

»Verwehrt ihr mir, von meinem Gatten Abschied zu nehmen« fragte sie voll eisiger Verachtung.

Die Soldaten drängten sie zu dem Platz, wo jetzt der König saß. Der neben ihm stehende Würdenträger verlas eine Schriftrolle. »Lady Margaret Carew, Seine Majestät hat es für unziemlich erachtet, daß Ihr gehenkt, ausgeweidet und geviertelt werdet.«

Das Volk in unmittelbarer Nähe begann aufzuheulen. »Sieht die inwendig etwa anders aus wie meine Frau?« brüllte einer.

Die Frau bebachtet sie nicht. »Simon Hallett«, sagte sie erbittert, »Ihr habt meinen Gatten verraten. Ihr habt mich verraten. Und sei's aus der Hölle, ich werde einen Weg finden, das an Euch und den Euren zu ahnden.«

»Kein Wort mehr.« Der Befehlshaber der Wachmannschaft packte die Frau und versuchte, sie zu der Plattform zu drängen, wo der Henker wartete. Mit einer letzten herausfordernden Bewegung wandte sie den Kopf und spuckte dem König auf den Fuß.

»Lügner!« schrie sie. »Ihr habt Gnade verheißen, Lügner.

Ein Jammer, daß man Eurer nicht habhaft wurde, als es Euren Vater den Kopf kostete.«

Ein Soldat versetzte ihr einen Schlag auf den Mund und zerrte sie weiter. »Dieser Tod ist zu gut für Euch. Wenn es nach mir ginge, würde ich Euch pfählen und auf dem Scheiterhaufen verbrennen.«

Judith rang nach Luft, als sie entdeckte, daß sie und die Gefangene einander verblüffend ähnelten. Lady Margaret wurde auf die Knie gezwungen. »Untersteht Euch, das wieder herunterzuziehen«, höhnte ein Soldat, als er ihr eine weiße Kappe über das Haar stülpte.

Der Henker hob das Beil. Es schwebte sekundenlang über dem Richtblock. Lady Margaret wandte den Kopf. Sie durchbohrte Judith mit den Blicken — fordernd, zwingend. Judith schrie: »Halt! Tut ihr das nicht an!« Sie stürzte auf das Schafott, warf sich zu Boden und umfing die Verurteilte, als das Beil herabsauste.

Judith schlug die Augen auf. Dr. Patel und Rebecca Wadley standen über sie gebeugt. Sie lächelte ihnen zu. »Sarah«, sagte sie. »So heiß ich in Wirklichkeit, stimmt's?«

»An wieviel von dem, was Sie uns erzählt haben, erinnern Sie sich noch?« fragte Patel vorsichtig.

»Kent Court. Das ist doch die Straße, von der ich gesprochen habe? Ich erinnere mich jetzt. Meine Mutter. Wir waren in der Nähe vom Bahnhof. Sie hielt mich an der Hand, mich und meine Schwester. Die Raketen, ich meine wohl die V 1, kamen. Am Himmel ein Dröhnen, wie Flugzeuge. Die Sirenen. Das Motorengeräusch verstummte. Und dann überall schreiende Menschen. Irgend etwas traf mich im Gesicht. Ich konnte meine Mutter nicht finden. Ich rannte und kletterte in den Zug. Und mein Name — Sarah, das hab ich Ihnen erzählt. Und dann Marsh oder Marrish.« Sie stand auf und ergriff Patels Hand. »Wie soll ich Ihnen danken? Zumindest habe ich jetzt einen Ausgangspunkt für meine Suche. Direkt hier in London.«

»Was war das letzte, woran Sie sich erinnern, bevor ich Sie aufweckte?«

»Molly. Ich hatte eine Schwester, Doktor! Auch wenn sie an jenem Tag starb, auch wenn Mutter an jenem Tag starb, so weiß ich doch jetzt etwas über sie. Ich werde im Geburtenregister nachforschen, bis ich die kleine Sarah gefunden habe — das Kind, das ich damals war.«

Judith knöpfte die Bluse zu, rollte den Ärmel herunter, fuhr mit den Fingern durchs Haar, bückte sich nach ihren Stiefeln. »Falls ich meine Geburtsurkunde nicht aufspüren sollte, können Sie mich dann noch mal hypnotisieren?«

»Nein«, erklärte Patel bestimmt. »Zumindest vorläufig nicht.«

Nachdem er Judith verabschiedet hatte, ging Patel wieder ins Labor zu Rebecca. »Zeigen Sie die letzten paar Minuten des Bandes.«

Bedrückt sahen sie, wie Judiths Ausdruck sich von Schock und Entsetzen in erbitterte Wut verwandelte, hörten wieder ihren Aufschrei: »Halt! Tut ihr das nicht an!«

»Was soll man ihr nicht antun?« fragte Rebecca. »Was hat Judith Chase erlebt?«

Patel runzelte die Stirn, in seinen Augen spiegelte sich

quälende Sorge. »Keine Ahnung. Sie hatten recht, Rebecca. Ich hätte ihr niemals Litencum injizieren dürfen. Aber vielleicht ist ja auch alles in Ordnung. Was immer sie erlebt haben mag, es ist ihr jedenfalls nichts davon im Gedächtnis geblieben.«

»Das wissen wir nicht«, wandte Rebecca ein. Sie legte ihm die Hand auf die Schulter. »Ich habe Sie zu warnen versucht, Reza. Sie dürfen nicht mit unseren Patienten herumexperimentieren, so gern Sie ihnen auch helfen möchten. Judith Chase geht es dem Anschein nach gut. Geb's Gott, daß es auch stimmt.« Rebecca hielt inne. »Mir ist da nur etwas aufgefallen, Reza. Hatte Judith unter dem rechten Daumen eine blasse sichelförmige Narbe, als sie herkam? Ich habe keine Spur davon bemerkt, als ich auf dem Handrücken die Vene für die Injektionsnadel suchte. Aber schauen Sie sich die letzte Sequenz vor dem Aufwachen an. Jetzt hat sie eine.«

Stephen Hallett hatte keinen Blick für die liebliche englische Landschaft, über der an diesem sonnigen Nachmittag bereits ein Hauch von Vorfrühling lag, als er nach Chequers, dem Landsitz der Premierministerin, chauffiert wurde. Sie war nach ihrem kurzen Auftritt auf Fionas Party dorthin gefahren. Daß sie ihn plötzlich morgens zu sich zitiert hatte, konnte nur eines bedeuten: Endlich würde sie ihm mitteilen, daß sie zurückzutreten gedachte, und sich dazu äußern, welchen Kandidaten sie als Nachfolger für den Parteivorsitz favorisierte.

Stephen wußte, daß die Wahl unvermeidlich auf ihn gefallen wäre, wenn es nicht diesen einen dunklen Punkt in seiner Vergangenheit gegeben hätte. Wie lange würde dieser gräßliche Skandal vor nunmehr dreißig Jahren ihn noch verfolgen? Hatte er ihm auch jetzt die Chancen verdorben? War die Premierministerin so großzügig, ihm persönlich mitzuteilen, daß sie ihn nicht unterstützen könne, oder beabsichtigte sie, ihm ihren Beistand anzukündigen?

Rory, sein langjähriger Fahrer, und Carpenter, sein Leibwächter von Scotland Yard Special Branch, beides hochintelligente Männer, waren sich über die Bedeutung dieser Zusammenkunft im klaren, das spürte er genau. Als sie vor dem stattlichen Gebäude hielten, stieg Carpenter aus und salutierte, während Rory ihm die Wagentür aufriß.

Die Premierministerin war in der Bibliothek. Warmer Sonnenschein durchflutete den hübschen Raum, dennoch trug sie eine dicke Strickjacke, und auch ihre vitale Energie schien irgendwie abhanden gekommen zu sein. Als sie ihn begrüßte, klang selbst ihre Stimme nicht so kraftvoll wie sonst.

»Es ist nicht gut, wenn man die Kampfeslust verliert, Stephen. Ich habe gerade mit meiner Psyche gehadert, weil sie mich so schmählich im Stich läßt.«

»Verständlich, Premier...« Stephen stockte. Er würde sie nicht mit hohlen Phrasen beleidigen. Die Medien ergingen sich seit Monaten in Spekulationen über ihre offensichtliche Erschöpfung.

Die Premierministerin bedeutete ihm, Platz zu nehmen. »Ich habe eine sehr schwierige Entscheidung getroffen. Ich werde mich ins Privatleben zurückziehen. Zehn Jahre in diesem Amt sind für jeden genug. Außerdem möchte ich mehr Zeit mit meiner Familie verbringen. Das Land ist zu Wahlen bereit, und den Wahlkampf muß ein neu gekürter Parteiführer leiten. Ich glaube, Stephen, Sie sind der ideale Nachfolger für mich. Sie haben alles, was man dazu braucht.«

Stephen wartete auf das nächste Wort — nach seinem Dafürhalten ein Aber. Er irrte sich.

»Ohne Zweifel wird die Presse den alten Skandal wieder aufwärmen. Ich selber habe ihn nochmals untersuchen lassen.«

Der alte Skandal.

Mit fünfundzwanzig hatte Stephen als Anwalt in der Kanzlei seines Schwiegervaters gearbeitet. Ein Jahr darauf wurde Reginald Harworth, sein Schwiegervater, der Veruntreuung überführt und zu fünf Jahren Gefängnis verurteilt.

»Sie wurden in vollem Umfang entlastet«, setzte die Premierministerin hinzu, »aber Affären dieser Art werden eben immer wieder hervorgezerrt. Ich bin jedoch nicht der Meinung, daß man wegen Ihres unglückseligen Schwiegervaters dem Land Ihre Fähigkeiten und Dienste vorenthalten sollte.«

Stephen spürte die Anspannung am ganzen Körper. Die Premierministerin war im Begriff, sich hinter ihn zu stellen.

Ihr Gesicht wurde hart. »Ich verlange eine ehrliche Antwort. Gibt es irgend etwas in Ihrem Privatleben, das die Partei in Verlegenheit bringen, das uns die Wahl kosten könnte?«

»Nichts.«

»Keine von diesen Nutten, die es darauf anlegen, ihre

Lebensgeschichte an die Presse zu verkaufen? Sie sind ein attraktiver Mann und verwitwet.«

»Ich stoße mich an der stillschweigenden Folgerung.«

»Kein Grund. Ich muß das wissen. Judith Chase. Sie haben uns gestern abend miteinander bekanntgemacht. Ich bin mit ihrem Vater, das heißt mit ihrem Adoptivvater, im Laufe der Jahre mehrmals zusammengekommen. Sie scheint ohne Fehl und Tadel zu sein.«

Cäsars Frau muß ohne Fehl sein, dachte Stephen. Waren das nicht Judiths Worte vom Vorabend?

»Ich hoffe und erwarte, Judith zu heiraten. Wir sind uns darüber einig, daß wir derzeit keinerlei Wert auf irgendwelche Publicity legen.«

»Sehr vernünftig. Nun zählen Sie Ihre Pluspunkte zusammen. Die Adoptiveltern gehörten zur Oberschicht, und sie bringt als britische Kriegswaise einen Schuß Romantik mit. Sie ist eine von uns.« Die Premierministerin lächelte warm und herzlich. »Gratuliere, Stephen. Labour wird uns schwer zu schaffen machen, aber wir werden gewinnen. Sie werden der nächste Premierminister, und niemand wird sich mehr freuen als ich, wenn Sie sich der Königin vorstellen. Und jetzt seien Sie so nett und schenken uns beiden einen ordentlichen Scotch ein. Wir müssen sorgfältig planen.«

Judith fuhr von Patels Praxis direkt nach Hause. Im Taxi merkte sie, wie sie immer wieder flüsterte: »Sarah Marsh, Sarah Marrish.« Mein richtiger Name gefällt mir zunehmend, dacht sie vergnügt. Morgen würde sie mit der Nachforschung im Geburtenregister beginnen. Sie konnte nur hoffen, daß sie in London zur Welt gekommen war. Wenn sie sich richtig an ihren Namen und das Geburtsdatum erinnert hatte, würde das die Suche enorm erleichtern. Kein Wunder, daß man sie nicht identifizieren konnte. Wenn sie in London in einen Zug geklettert und in Salisbury ausgestiegen war und dann die Erinnerung an das Geschehene verdrängt hatte, würde das erklären, warum sich niemand gemeldet und Anspruch auf sie erhoben hatte. Sie war überzeugt davon, daß ihre Mutter und Molly an jenem Tag umgekommen sein mußten. Aber Vettern oder Kusinen, dachte Judith. Wer weiß, vielleicht habe ich zahlreiche Verwandte, die gleich um die Ecke wohnen.

»Wir sind da, Miß.«

»Oh.« Sie kramte nach ihrer Geldbörse. »Ich habe offenbar geträumt.«

In der Wohnung machte sie sich eine Tasse Tee und setzte sich sofort an den Schreibtisch. Ja, morgen wäre noch Zeit genug, mit der Suche nach Sarah Marrish anzufangen. Heute sollte sie es besser bei Judith Chase belassen und weiter an ihrem Buch schreiben. Sie las die Notizen durch, die sie sich im Staatsarchiv gemacht hatte, und grübelte wieder darüber nach, was für ein Verbrechen diese Lady Margaret Carew, die in Gegenwart des Königs hingerichtet wurde, wohl begangen haben mochte.

Es war kurz vor 18 Uhr, als Stephen anrief. Das schrille Läuten schreckte Judith auf, die sich wie immer völlig auf das Schreiben konzentriert und die Umwelt vergessen hatte. Erstaunt stellte sie fest, wieviel Zeit verstrichen war, und daß außer der Schreibtischlampe in der ganzen Wohnung nirgends Licht brannte. Sie angelte nach dem Telefon. »Hallo.«

»Stimmt etwas nicht. Darling? Du klingst so verstört.« Stephen hörte sich besorgt an.

»Nein, alles bestens. Ich bin bloß in anderen Welten, wenn ich schreibe, und brauche ein bis zwei Minuten, um wieder auf die Erde zurückzufinden.«

»Deshalb bist du auch eine so gute Schriftstellerin. Essen wir heute abend bei mir? Ich habe recht interessante Neuigkeiten.«

»Und ich habe interessante Neuigkeiten für dich. Wann?«

»Paßt dir 20 Uhr? Ich schicke den Wagen.«

»Ausgezeichnet.«

Lächelnd legte sie den Hörer auf. Sie wußte, Stephen haßte lange, zeitraubende Telefongespräche und schaffte es trotzdem immer, sich kurz zu fassen, ohne schroff zu wirken. Sie fand, sie habe für einen Tag genug gearbeitet, knipste das Licht an, während sie das Wohnzimmer und den schmalen Korridor zum Schlafzimmer durchquerte.

Das ist auch ein ganz typischer britischer Zug an mir, dachte sie, als sie ein paar Minuten später entspannt im dampfenden, parfümierten Wasser lag. Ich liebe diese langen gußeisernen Badewannen mit den Klauenfüßen.

Sie hatte Zeit, sich kurz auszuruhen, legte sich ins Bett und zog die Steppdecke hoch. Was gab es wohl Neues bei Stephen? Er hatte sich beinahe unverbindlich angehört, also konnte es nichts mit der Wahl zu tun haben, oder? Nein, natürlich nicht. So viel kaltblütige Gelassenheit brachte nicht einmal er auf.

Judith entschied sich für ein bedrucktes Seidenkleid, das sie in Italien gekauft hatte. Die kräftigen Farben erinnerten sie irgendwie an die Palette eines ungestümen Fauvisten. Mit diesem Kleid konnte sie den mittlerweile verhangenen Januarabend aufhellen. Es paßte vorzüglich zu den erfreulichen Nachrichten, die sie für ihn hatte. »Wie gefällt dir der Name Sarah, Stephen?«

Sie trug das Haar, das gerade bis zum Kragen fiel, offen. Die Perlenkette, die ihrer Mutter, ihrer *Adoptiv*mutter, gehört hatte. Die in Diamanten gefaßten Perlohrringe, das schmale Diamantarmband. Ein festlicher Abend. Und man sieht dir dein Alter nicht an, versicherte sie ihrem Spiegelbild. Und dann dachte sie — ich bin heute kurzfristig in eine Zweijährige verwandelt worden. Vielleicht wirkt das verjüngend. Bei dieser Vorstellung mußte sie lächeln. Sie blickte auf ihre Hände hinunter und überlegte, welche Ringe sie anziehen sollte.

Und dann bemerkte sie die verblaßte sichelförmige Narbe unter dem Daumengelenk. Stirnrunzelnd versuchte sie sich zu erinnern, wie lange sie die schon hatte. Als Teenager hatte sie sich die Hand in einer Wagentür geklemmt und schwere Schnitte und Quetschungen davongetragen. Es hatte lange gedauert, bis die Narben von der plastischen Chirurgie verheilt waren.

Und jetzt wird eine wieder sichtbar, dachte sie. Großartig!

19 Uhr 55. Sie wußte, daß der Wagen bereits unten wartete. Rory kam immer zu früh.

Stephens Stadthaus lag in der Lord North Street. Er weigerte sich, ihr seine Neuigkeit zu berichten, bevor sie zu Abend gegessen und es sich auf dem breiten, hochlehnigen Sofa in der Bibliothek bequem gemacht hatten. Im Kamin flackerte ein Feuer, und im silbernen Sektkühler stand eine Flasche Dom Perignon. Er hatte das Personal weggeschickt und die Türen zur Bibliothek geschlossen. Feierlich erhob er sich, entkorkte den Champagner, schenkte ein und reichte ihr ein Glas. »Einen Toast.«

»Worauf?«

»Allgemeine Wahlen. Das Versprechen der Premierministerin, meine Kandidatur als Nachfolger im Parteivorsitz zu unterstützen.«

Judith sprang auf. »Stephen, mein Gott, Stephen!« Sie stieß mit ihm an. »England hat großes Glück.«

Sie küßten sich lange. Dann mahnte er: »Behalte das für dich, Darling. In den nächsten drei Wochen werde ich mich laut Plan mit der Ausarbeitung einer Wahlkampfstrategie befassen, politische Rundfunksendungen machen, bei den EG-Tagungen über Terrorismus sichtbar in Erscheinung treten und diskret Unterstützung sammeln.«

»Sich profilieren, so nennt man das in Washington.« Sie küßte ihn flüchtig auf die Stirn. »Ich bin so stolz auf dich, Stephen.«

Er lachte. »Mich zu profilieren, das ist genau das Ziel. Dann wird die Premierministerin ihren Entschluß verkünden, nicht noch einmal zu kandidieren. Die erste Schlacht wird entbrennen, wenn die Partei einen neuen Vorsitzenden wählt. Da gibt es Konkurrenz, aber mit ihrer Unterstützung dürfte es klappen. Sobald ich zum Parteivorsitzenden gewählt bin, wird die Premierministerin zur Königin gehen und um Auflösung des Parlaments ersuchen. Die allgemeinen Wahlen finden etwa einen Monat danach statt.«

Er legte den Arm um sie. »Und wenn unsere Partei gewinnt und ich Premierminister werde, kann ich dir gar nicht sagen, was es für mich bedeutet, dich am Ende des Tages hier zu wissen. Mir ist nie klar geworden, wie einsam ich in all den Jahren von Janes Krankheit gewesen bin, bis zu jenem Abend, an dem ich dich bei Fiona kennenlernte. So elegant. So witzig und bildschön. Und deine Augen mit diesem Hauch von Schwermut.«

»Den haben sie jetzt nicht.«

Sie setzten sich wieder auf das Sofa, er legte die langen Beine auf den Lederhocker, sie kuschelte sich an ihn. »Erzähl mir von deiner Zusammenkunft mit der Premierministerin, aber bitte haarklein«, verlangte sie.

»Nun, ich versichere dir, anfangs war ich felsenfest davon überzeugt, daß sie mich so sanft wie möglich abservieren wollte. Ich glaube nicht, daß ich dir je etwas über meinen Schwiegervater erzählt habe.«

Als Judith zuhörte, wie Stephen von dem Skandal sprach und von seinen Ängsten, dies würde ihn vielleicht die Unterstützung der Premierministerin kosten, wurde ihr klar, daß sie ihm nichts von ihrem Besuch bei Dr. Patel sagen und ihn auch nicht bitten durfte, ihr bei der Ermittlung ihrer wahren Identität behilflich zu sein. Kein Wunder, daß er sich ihrem Wunsch, ihre leiblichen Verwandten ausfindig zu machen, so heftig widersetzt hatte. Und das fehlte gerade noch, daß die Zeitungen Wind davon bekämen und mit fetten Schlagzeilen verkündeten, die zukünftige Gattin des Premierministers habe den umstrittenen Reza Patel konsultiert.

»Und nun zu deinen Neuigkeiten«, sagte Stephen. »Du hast von guten Nachrichten gesprochen.«

Judith streichelte ihm lächelnd die Wange. »Ich erinnere mich genau, wie Fiona mir mitteilte, daß sie mich beim Abendessen neben dich plaziert habe. Du wärst einfach umwerfend, sagte sie. Sie hatte recht. Gegenüber deinen Neuigkeiten sind meine wirklich nicht der Rede wert. Ich wollte dir von einem hochinteressanten Schwatz mit dem stellvertretenden Leiter des Staatsarchivs berichten. Ihm imponierte es anscheinend, daß Karl II. ein Auge für Frauen hatte.« Sie bot ihm die Lippen, umschlang ihn, spürte sein Verlangen. Ich liebe ihn so, dachte sie und sagte es ihm.

Am Freitagabend fuhren sie zu Stephens Landsitz in Devon. In diesen drei Stunden erzählte er ihr von Edge Barton Manor. »Das liegt in Branscombe, einem schönen alten Dorf. Erbaut während der Eroberung durch die Normannen.«

»Vor ungefähr neunhundert Jahren«, warf Judith ein.

»Ich muß unbedingt daran denken, daß ich es mit einer Historikerin zu tun habe. Die Familie Hallett erwarb den Landsitz, als Karl II. auf den Thron zurückkehrte. Bei deinen Recherchen wirst du vermutlich auf entsprechende Hinweise stoßen. Ein ansehnlicher Besitz. Auf meinen Vorfahren, Simon Hallett, bin ich nicht besonders stolz. Er muß ein aalglatter, gerissener Knabe gewesen sein. Aber ich glaube und hoffe, du wirst Edge Marton genauso lieben wie ich.«

Das Anwesen lag auf einer Felsbank nahe einer bewaldeten Talschlucht. Hinter den mehrteiligen Fenstern brannten helle Lampen, deren Strahlen über die Steinfassade glitten. Das Schieferdach schimmerte dunkel im Schein der Mondsichel. Der von einem Giebel gekrönte dreistöckige Seitenflügel, laut Stephen der älteste Teil des Gebäudes, erhob sich zur Linken majestätisch über den Baumwipfeln. Stephen wies auf die oben halbrunde Tür mit der Lünette und den blanken Riegeln in der Nähe des rechten Flügels. »Um die reißen sich die Antiquitätenhändler ständig. Morgen früh kannst du die Reste des Burggrabens sehen. Er ist jetzt ausgetrocknet, war aber vor tausend Jahren offenbar ein recht wirksamer Schutz.«

Bei den Recherchen für ihr Buch hatte sich Judith mit alten Gebäuden vertraut gemacht, doch als der Wagen vor dem Haupteingang von Edge Barton hielt, wurde ihr klar, daß sie hier in jeder Beziehung völlig anders reagierte als bei anderen historischen Häusern.

Stephen beobachtete ihr Gesicht. »Nun, Darling, es scheint deinen Beifall zu finden.«

»Mir ist, als ob ich heimkomme.«

Arm in Arm erkundeten sie das Innere des Hauses. »Seit Jahren schon bin ich immer viel zu kurz hier gewesen«, erklärte Stephen. »Jane war ja so krank und hielt sich deswegen lieber in London auf, wo ihre Freunde sie mühelos besuchen konnten. Ich bin allein hergekommen und gerade so lange geblieben, um die Runde in meinem Wahlkreis zu machen.«

Der Salon, das Speisezimmer, der große Saal, der Tudorkamin im Schlafzimmer über dem Salon, die normannische Treppe im alten Teil, die prachtvollen Fenster mit den Hohlkehlen, der glatte, weiche Bierstein im oberen Saal, auf dem Generationen von Kindern Schiffe und Menschen, Pferde und Hunde, Initialen und Namen und Daten gemalt hatten. Judith blieb stehen, um sie zu betrachten, als ein Diener die Treppe heraufkam. Sir Stephen wurde am Telefon verlangt. »Ich bin gleich wieder da, Darling«, murmelte er.

Eine Inschrift an der Wand schien förmlich zu lodern. V.C. 1635. Judith strich mit den Händen darüber. »Vincent«, flüsterte sie. »Vincent.« Benommen durchquerte sie den Raum bis zu der Treppe, die zu dem Ballsaal im vierten Stock führte. Es war stockfinster. Sie tastete sich an der Wand entlang, fand den Lichtschalter und sah dann zu, wie sich der Saal mit Menschen in der Gesellschaftskleidung des 17. Jahrhunderts füllte. Die Narbe an ihrer Hand begann sich rot zu verfärben. Es war der 18. Dezember 1641 . . .

»Edge Barton ist ein prachtvoller Wohnsitz, Lady Margaret.«

»Das kann ich nicht abstreiten«, entgegnete Margaret Carew in eisigem Ton dem stutzerhaft herausgeputzten jungen Mann, dessen sorgfältig gekräuseltes Haar ebenso wenig die ebenmäßigen Züge und die geschniegelte Kleidung den verschlagenen, doppelzüngigen Eindruck zu verwischen vermochten, den Hallett, Bastard des Herzogs von Rockingham, erweckte.

»Euer Sohn Vincent beobachtet uns argwöhnisch. Ich glaube nicht, daß er mir sonderlich gewogen ist«, sagte er.

»Hat er Grund, Euch nicht gewogen zu sein?«

»Vielleicht spürt er, daß ich in seine Mutter verliebt bin. Im Ernst, Margaret, John Carew ist kein Mann für Euch. Mit fünfzehn habt Ihr ihn geehelicht. Mit zweiunddreißig übertrifft Eure Schönheit die aller anderen Frauen in diesem Saal. Wie alt ist John? Fünfzig? Und seit seinem Jagdunfall noch dazu ein Krüppel.«

»Und er ist der Gatte, den ich von Herzen liebe.« Margaret lenkte den Blick ihres Sohnes auf sich und nickte ihm zu. Mit raschen Schritten durchquerte er den Saal.

»Mutter.«

Er war ein hübscher Junge, hochgewachsen und gut entwickelt für seine sechzehn Jahre. An seinen Gesichtszügen war deutlich der Carew zu erkennen, doch Margaret pflegte ihn damit zu necken, daß er seine dichte kastanienbraune Mähne und die blaugrünen Augen ihr zu verdanken habe, Familienmerkmale der Russells.

»Simon, Ihr kennt ja meinen Sohn Vincent. Du erinnerst dich doch an Simon Hallett.«

»In der Tat.«

»Und woran genau erinnert Ihr Euch da, Vincent?« Hallett lächelte herablassend.

»Ich erinnere mich Eurer Gleichgültigkeit gegenüber den neuen Steuern, Sir, die jedem der hier Anwesenden drohen. Doch wie mein Vater bemerkte — wenn ein Mann nichts zu versteuern hat, ist es leicht, einem Herrscher Treue zu geloben, der an das Gottesgnadentum glaubt. Setzt Euresgleichen denn nicht in der Tat seine Hoffnungen darauf, Mr. Hallett, daß die von der Krone wegen nichtbezahlten Steuern konfizierten Besitzungen eines Tages den Verteidigern des Königs verliehen werden? Euch selbst? Mein Vater hat sehr wohl wahrgenommen, wie begierig Ihr dreinschaut, wenn Ihr Eure Freunde nach Edge Barton Manor begleitet. Dann übt also dieses Haus große Anziehungskraft auf Euch aus, was sich auch in Eurem offensichtlichen Interesse für meine Mutter kundtut?«

Hallett stieg Zornesröte ins Gesicht. »Ihr seid unverschämt.«

Lady Margaret lachte und nahm den Arm ihres Sohnes. »Nein, er ist ein sehr gescheiter junger Mann. Er hat Euch genau das zu verstehen gegeben, was ich ihn zu übermitteln bat. Ihr habt ganz recht, Mr. Hallett. Sir John, mein Gatte, fühlt sich nicht wohl, und daher möchte ich ihn auch nicht bedrängen, mit Euch zu sprechen. Betretet dieses Haus nicht wieder unter dem Vorwand, gemeinsame Freunde zu begleiten. Ihr seid hier unwillkommen. Und wenn Ihr dem König wirklich so nahesteht, wie Ihr uns glauben macht, dann teilt Seiner Majestät mit, weshalb viele von uns seinen Hof meiden: weil wir seine Verachtung des Parlaments nicht ertragen können, seinen Anspruch auf Gottesgnadentum, seine Gleichgültigkeit gegenüber den wahren Bedürfnissen und Rechten seines Volkes. Meine Familie hat seit Gründung des Parlaments sowohl im Unterhaus wie im Oberhaus Dienst geleistet. In unseren Adern fließt das Blut der Tudors, doch das bedeutet nicht, daß wir zu den Zeiten zurückkehren werden, da dem Herrscher allein sein eigener Wunsch und Wille als Recht galt.«

Musik ertönte. Margaret kehrte Hallett den Rücken, lächelte ihrem Mann zu, der, den Stock neben sich, mit Freunden zusammensaß, und ging mit ihrem Sohn zur Tanzfläche.

»Du hast die Grazie deines Vaters«, sagte sie. »Vor seinem Unfall pflegte ich ihn den besten Tänzer in England zu nennen.«

Vincent erwiderte ihr Lächeln nicht. »Was wird geschehen, Mutter?«

»Wenn der König die Reformen, die das Parlament fordert, nicht bewilligt, gibt es Bürgerkrieg.«

»Dann werde ich auf der Seite des Parlaments kämpfen.«

»Gott gebe, daß alles abgetan ist, bis du das notwendige Alter erreicht hast. Selbst Karl muß wissen, daß er diesen Gewissenskampf unmöglich gewinnen kann.«

Judith öffnete die Augen. Stephen rief sie. Kopfschüttelnd lief sie zur Treppe. »Hier oben, Darling.« Als er bei ihr war, legte sie ihm die Arme um den Hals. »Mir kommt's so vor, als ob ich Edge Barten schon immer gekannt habe.« Sie merkte nicht, daß die Narbe an ihrer Hand, die sich scharlachrot verfärbt hatte, abermals zu einem nahezu unkenntlichen Strich verblaßt war.

***

Am Montag fuhr Judith nach Worcester, wo 1651 die letzte große Auseinandersetzung des Bürgerkriegs stattgefunden hatte. Sie ging zuerst zur Kommandantur, dem Holzbau, der Karl II. als Hauptquartier gedient hatte. Von Grund auf restauriert, waren dort jetzt Uniformen, Helme und Musketen zu sehen — Anschauungsmaterial, das die Besucher zur Hand nehmen und studieren durften. Als sie eine Captain-Uniform der Cromwell-Armee näher betrachtete, empfand sie herzzerreißende Traurigkeit. In einer audiovisuellen Darstellung wurde die historische Auseinandersetzung mitsamt den Ereignissen, die dazu geführt hatten, dokumentiert. Mit brennenden Augen verfolgte sie die überaus realistische Aufzeichnung, merkte nicht, daß sie die Hände zu Fäusten geballt hatte.

Ein Aufseher gab ihr eine Karte, die den Ablauf der Schlacht von Worcester übersichtlich darstellte, und erklärte: »Die Royalisten hatten in der Schlacht von Naseby eine schwere Niederlage erlitten. An jenem Tag war der Krieg praktisch zu Ende, von Cromwell und seinem Parlamentsheer gewonnen. Doch er zog sich immer noch weiter hin. Die letzte große bewaffnete Auseinandersetzung fand hier statt. Die Royalisten wurden von dem erst einundzwanzigjährigen Karl angeführt, dem die Historiker ›beispiellose Tapferkeit‹ bescheinigen, aber das nützte nichts. Sie hatten bei Naseby fünfhundert Offiziere verloren und sich davon nie mehr erholt.«

Judith verließ die Kommandantur. Es war ein typischer naßkalter Januartag. Sie hatte einen Burberrry an und den Kragen hochgeschlagen. Aus dem zum Nackenknoten aufgesteckten Haar ringelten sich ein paar widerspenstige Strähnen um ihr aschfahles Gesicht mit den weit aufgerissenen Augen.

Sie folgte der Karte bei ihrem Rundgang durch die Stadt, blieb zwischendurch stehen, um ihre eigenen Notizen zu konsultieren und Eindrücke festzuhalten. Beim Blick vom Turm der Kathedrale erinnerte sie sich, daß Karl II. von derselben Stelle aus Cromwells Vorbereitungen für die Schlacht beobachtet hatte. Und als sich die Niederlage eindeutig abzeichnete, hatten sich die royalistischen Truppen, den sicheren Tod vor Augen, zum letzten verzweifelten Angriff dem Parlamentsheer entgegengeworfen, um ihrem zukünftigen Herrscher bei seiner Flucht Deckung zu geben. Von hier aus hatte Karl den langen, qualvollen Weg durch England angetreten, um in Frankreich Asyl zu suchen.

Ein Jammer, daß er entkommen ist, dachte sie verbittert, als die Narbe an der Hand sich zu verfärben begann. Sie sah die winterliche Landschaft um Worcester nicht mehr, sondern fuhr an einem warmen Juliabend des Jahres 1644 in einer Kutsche nach Marston Moor mit der Hoffnung, Vincent noch am Leben zu finden ...

Trommelwirbel begleitete ein kleines Kommando der Roundhead-Truppen. Beim Anblick der herannahenden Kutsche traten zwei Wachen heraus, sperrten mit langen Stangen den Weg ab.

Lady Margaret entstieg der Kutsche. Sie trug ein dunkelblaues Tageskleid aus feinem Leinen und von einfachem Schnitt mit weißem Rüschenkragen, dazu ein passendes Schultercape. Außer dem Ehering hatte sie keinerlei Schmuck angelegt. Ihr dichtes kastanienbraunes, jetzt von Silberfäden durchzogenes Haar war im Nacken zusammengebunden. Die blaugrünen Augen, ein Erbe der Adelsfamilie Russell, wurden vom Schmerz verdunkelt.

»Bitte«, flehte sie. »Ich weiß, daß viele Verwundete unversorgt daliegen. Mein Sohn hat hier gekämpft.«

»Auf welcher Seite?« fragte der Soldat höhnisch grinsend.

»Er ist Offizier in Cromwells Heer.«

»Eurem Aussehen nach hätte ich ihn bei den Kavalieren vermutet. Bedaure, Madam, es suchen schon zu viele Frauen auf diesen Feldern. Wir haben Befehl, keine mehr durchzulassen. Um die Leichen kümmern wir uns.«

»Bitte«, flehte Margaret. »Bitte.«

Ein Offizier kam heran. »Wie ist der Name Eures Sohnes, Madam?«

»Captain Vincent Carew.«

Der Lieutenant, ein Mittdreißiger mit offenem Gesicht, blickte ernst. »Ich kenne Captain Carew. Seit Ende der Schlacht habe ich ihn nicht gesehen. Er hat an der Attacke gegen das Longdale Regiment teilgenommen. Das war in dem feuchten Gelände zur Rechten. Vielleicht solltet Ihr Eure Suche dort beginnen.«

Die Felder waren übersät mit Toten und Sterbenden, dazwischen Frauen jeden Alters, auf der Suche nach ihren Gatten und Brüdern, Vätern und Söhnen. Zertrümmerte Waffen und Pferdekadaver zeugten von der Heftigkeit der Kämpfe. Insektenschwärme umschwirrten die Gefallenen. Da und dort ertönte ein verzweifelter Aufschrei, wurde ein Angehöriger mit lautem Weinen betrauert.

Margaret nahm die Suche auf. Viele Soldaten lagen mit dem Gesicht auf der Erde, doch sie brauchte sie nicht umzudrehen. Sie hielt Ausschau nach kastanienbraunem Haar, das nicht kurzgeschoren war wie bei Cromwells 'Rundköpfen', sondern sich dicht um ein jungenhaftes Gesicht lockte.

Vor ihr sank eine junge Frau von etwa neunzehn auf die Knie und umschlang einen Gefallenen in Kavaliersuniform. Wehklagend wiegte sie ihn in den Armen. »Edward, mein Gemahl.«

Margaret legte ihr mitfühlend die Hand auf die Schulter. Und dann sah sie es. Der Tote hielt sein Schwert noch umklammert, an dem Tuchfetzen hingen. Unweit davon lag ein junger Offizier der Cromwell-Armee auf der Erde, die Brust aufgeschlitzt. Margaret erbleichte, denn sie wußte instinktiv, daß die Stoffasern seines Waffenrocks mit den am Schwert hängenden übereinstimmten. Der kastanienbraune Haarschopf, die hübschen, aristokratischen Züge, die denen seines Vaters so sehr glichen. Die blaugrünen Augen der Russells, die blicklos zu ihr emporstarrten.

»Vincent, Vincent.« Sie kniete sich neben ihn, wiegte seinen Kopf an ihrer Brust, der Brust, die ihn vor zwanzig Jahren gesäugt hatte.«... Dann werde ich auf der Seite des Parlaments kämpfen.« — »Gott gebe, daß alles abgetan ist, bis du das notwendige Alter erreicht hast. Selbst Karl muß wissen, daß er diesen Gewissenskampf unmöglich gewinnen kann.«

Die junge Frau, deren Mannes Schwert Vincent getötet hatte, begann zu schreien. »Nein ... nein ... nein ...«

Margaret starrte sie an. Sie ist jung, dachte sie. Sie findet wieder einen Gatten. Ich werde nie wieder einen Sohn haben. Mit unendlicher Zärtlichkeit küßte sie Vincent auf den Mund und auf die Stirn und bettete ihn auf den sumpfigen Boden. Der Kutscher würde ihr helfen, den Toten zum Wagen zu tragen. Einen Augenblick verharrte sie bei der schluchzenden jungen Frau. »Ein Jammer, daß sich das Schwert Eures Gatten nicht in des Königs Herz gesenkt hat«, sagte sie. »Wäre es mein gewesen, so hätte es da sein Ziel gefunden.«

Judith erschauerte. Die Sonne war weg, und der Wind blies stärker. Sie bemerkte, daß eine Gruppe Touristen in der Nähe stand. Einer bemühte sich, die Aufmerksamkeit des Fremdenführers auf sich zu lenken. »In welchem Jahr wurde Karl I. hingerichtet?«

»Er wurde am 30. Januar 1649 enthauptet«, sagte Judith. »Viereinhalb Jahre nach der Schlacht von Marston Moor.« Sie lächelte. »Entschuldigung. Ich wollte mich nicht einmischen.« Sie hastete die Treppe hinunter, wollte auf schnellstem Wege von hier weg, dann zu Hause ein Feuer im Kamin anzünden, einen Sherry trinken. Merkwürdig, dachte sie auf der Fahrt durch den immer dichter werdenden Verkehr, als ich mit dem Buch anfing, hatte ich wesentlich mehr Sympathien für die Royalisten. Ich fand die Stuards, bis zurück zu Maria, entweder sehr dumm oder sehr verschlagen und in Karl I. beides vereint, aber trotzdem hätte man ihn nicht hinrichten dürfen. Je intensiver ich recherchierte, desto mehr bin ich davon überzeugt, daß die Parlamentsmitglieder, die den Hinrichtungsbefehl unterzeichnet haben, im Recht waren und daß ich mich ihnen gegebenenfalls angeschlossen hätte ...

Tags darauf ging Judith herzklopfend über die flache Stufe zur Drehtür des Zentralen Standesamtes, St. Catherine's House, Kingsway. Laß dies die richtige Stelle sein, betete sie im stillen; dabei erinnerte sie sich an die Erzählungen ihrer Adoptiveltern, wie die Behörden in Salisbury sämtliche Geburtenregister überprüft und ihr Foto in den umliegenden Gemeinden ausgehängt hatten, um ihre Angehörigen ausfindig zu machen. Aber wenn sie nun in London geboren und zufällig in den Zug geraten war ... Laß es stimmen, dachte sie. Laß es wahr sein.

Sie hatte den Besuch hier bereits für den Vortag geplant, aber dann festgestellt, daß da in ihrem Terminkalender die Fahrt nach Worcester eingetragen war, worauf sie sofort beschloß, sich an ihre ursprüngliche Planung zu halten. Lag es daran, daß sie befürchtete, in eine Sackgasse zu geraten, daß die Erinnerung an die in Bahnhofsnähe gefallenen Bomben, an die Namen Sarah und Molly Marsh oder Merrish nur ein während der Hypnose entstandes Zufallsprodukt sein könnte?

Am Auskunftsschalter reihte sie sich in eine unvermutet lange Warteschlange ein. Aus Gesprächsfetzen schloß sie, daß die meisten Familienforschung betrieben. Als sie endlich dran war, teilte ihr der Beamte mit, daß die Geburtenregister in der ersten Abteilung archiviert seien, in dicken, entsprechend beschrifteten Jahresbänden.

»Jedes Jahr ist in vier Quartale unterteilt, und die Bände sind März, Juni, September, Dezember markiert«, wurde sie informiert. »Welches Datum brauchen Sie?... 4. oder 14. Mai? Dann müssen Sie im Juni-Band nachschlagen. Der enthält die Register für April, Mai und Juni.«

In dem Raum herrschte rege Betriebsamkeit. Einen Sitzplatz gab es nur an einem der langen, bankartigen Tische. Judith zog das jägergrüne Cape mit Kapuze aus, das sie sich morgens spontan bei Harrods gekauft hatte. »Bildschön, finden Sie nicht?« hatte die Verkäuferin gesagt. »Und genau richtig bei diesem komischen Wetter. Nicht zu schwer, aber mit einem Pullover darunter mollig warm.«

Sie trug einen grobmaschigen, handgestrickten Pulli, Stretchhosen und Stiefel, ihr Lieblingsaufzug. Die bewundernden Blicke, die ihr folgten, bemerkte sie nicht und nahm sich den Band mit der Aufschrift Juni 1942 vor.

Unter den Familiennamen Marrish oder Marsh fand sie zu ihrer Bestürzung keinerlei Eintragung, die auf Sarah oder Molly lautete. War alles, was sie unter Hypnose gesagt hatte, lediglich ein Hirngespinst? Sie stellte sich wieder in der Schlange an und landete nach einer Weile vor dem Auskunftsschalter.

»Muß die Registrierung nicht binnen eines Monats nach der Geburt des Kindes erfolgen?«

»Ganz recht.«

»Dann habe ich den richtigen Band.«

»Nicht unbedingt. 1942 war ein Kriegsjahr. Durchaus möglich, daß die Eintragung erst im nächsten Quartal oder noch später vorgenommen wurde.«

Judith kehrte zu ihrem Platz zurück und begann unter Marrish und Marsh nach Vornamen mit dem Anfangsbuchstaben S zu suchen. Vielleicht war Sarah aber auch mein zweiter Vorname, dachte sie. Mit dem pflegt man ja Kinder zu rufen, die nach der Mutter genannt sind. Doch es fand sich keine entsprechende Eintragung. In jeder Rubrik war der Familienname aufgeführt, dann der Vorname des Neugeborenen, der Mädchenname der Mutter und der Bezirk, in dem das Kind zur Welt gekommen war. Mit diesen Angaben waren noch der Band und die Seitenzahl des Registers aufgeführt, die zur Ausfertigung von Kopien der Geburtsurkunde benötigt wurden. Ohne den richtigen Namen lande ich also in einer Sackgasse, dachte sie.

Sie verließ das Amt erst bei Dienstschluß. Das stundenlange Hocken über den Büchern hatte ihr Muskelkater in den Schultern, Augenbrennen und Kopfschmerzen eingebracht. Leicht würde sie jedenfalls nicht ans Ziel gelangen. Wenn sie doch nur Stephens Unterstützung gewinnen könnte. Durch seine Intervention ließe sich vermutlich sachkundige Hilfe finden. Vielleicht gab es Methoden, in den Registern nachzuforschen, von denen sie keine Ahnung hatte ... Und vielleicht war diese Sarah Marrish oder Marsh auch nur ein Produkt ihrer Phantasie, ein Streich, den ihr das Unterbewußtsein gespielt hatte.

Auf dem Anrufbeantworter befand sich eine Nachricht von Stephen. Beim Klang seiner Stimme würden ihre Lebensgeister wieder wach. Rasch wählte sie die Nummer seines Direktanschlusses im Ministerium. »Machst du wieder mal Nachtschicht?« erkundigte sie sich, als sie zu ihm durchgestellt wurde.

Er lachte. »Das gleiche könnte ich dich fragen. Wie war's in Worcester? Beeindruckt von unserem Mangel an Bruderliebe?«

Sie hatte angedeutet, daß sie diesen Tag nochmals in Worcester verbringen würde. Von der Suche nach ihren leiblichen Angehörigen wollte sie ihm keinesfalls erzählen.

Nach kurzem Zögern sprudelte sie heraus: »Mit den Recherchen war's heute ein bißchen lahm, aber das gehört auch dazu. Hast du das Wochenende ebenso genossen wie ich, Stephen?«

»Ich habe dauernd daran gedacht. Für mich im Moment ein wahrer Lichtblick . . .«

Sie waren am Samstag und am Sonntag in Edge Barton ausgeritten. Stephen hatte sechs Pferde im Stall. Marker, sein kohlschwarzer Wallach, und Jumper, eine Stute, waren seine Lieblinge, beides Springer. Stephen war ganz begeistert, daß Judith das Tempo mithielt, als sie durch das Gelände galoppierten und mühelos über die Zäune setzten.

»Du hast mir doch erzählt, daß du ein bißchen reiten kannst«, sagte er vorwurfsvoll.

»Früher bin ich viel geritten. In den letzten zehn Jahren hatte ich kaum noch Zeit dafür.«

»Das merkt man überhaupt nicht. Als mir einfiel, daß

ich dich nicht auf den Bach aufmerksam gemacht habe, bekam ich einen Mordsschreck. Die Pferde scheuen, wenn der Reiter da nicht aufpaßt.«

»Irgendwie hab ich damit gerechnet«, hatte sie geantwortet.

Nach dem Absteigen waren sie Arm in Arm vom Stall zurückgeschlendert. Außer Sichtweite der Stallburschen hatte Stephen sie in die Arme geschlossen.

»Jetzt ist es definitiv, Judith. In drei Wochen wird die Premierministerin ihren Rücktritt erklären, und dann kommt es zur Wahl des neuen Parteivorsitzenden.«

»Und das wirst du sein.«

»Ich habe ihre Unterstützung. Um den Posten reißen sich auch noch andere, doch es dürfte wohl klappen. In den paar Wochen bis zu den Wahlen wird es dann reichlich hektisch zugehen. Wir werden sehr wenig Zeit für uns haben. Kannst du das akzeptieren?«

»Selbstverständlich. Und sollte ich das Buch abschließen können, während du dich im Wahlkampf tummelst, um so besser. Nebenbei bemerkt, Sir Stephen, ich bin entzückt, dich im Reitdress zu sehen und nicht im Straßen- oder Abendanzug, so erinnerst du mich ein bißchen an Ronald Colman. Ich habe mir nachts leidenschaftlich gern alte Filme angeschaut, und er war mein erklärter Liebling. Allmählich komme ich mir vor wie das Liebespaar in *Random House*. Smithy und Paula waren ja ungefähr in unserem Alter, als sie sich wiederfanden.«

»Judith!« Stephens Stimme schien weit entfernt.

»Entschuldige, Stephen. Ich habe gerade an dich und an

das Wochenende gedacht und überlegt, ob du jetzt wohl aussiehst wie Ronald Colman.«

»Ich muß dich leider enttäuschen, Darling, aber der Vergleich ist unfair gegenüber dem verstorbenen Mr. Colman. Was machst du heute abend?«

»Ich richte mir irgendwas zu essen her und setze mich an die Schreibmaschine. Außendienst muß sein, aber damit ist noch nichts am Manuskript getan.«

»Sieh zu, daß du es abschließt. Die Wahl findet am 13. März statt, Judith. Wäre dir eine stille Hochzeit im April recht, am liebsten in Edge Barton? Dort fühle ich mich wirklich zu Hause, mehr als irgendwo sonst. Seit meiner Geburt war es für mich gleichbedeutend mit Zuflucht, Trost und Frieden. Und ich spüre, daß du ähnlich darauf reagiert hast.«

»Das ist mir bewußt.«

Als Judith den Hörer auflegte, hatte sie den sehnlichen Wunsch, sich ein einfaches Abendbrot zurechtzumachen, ins Bett zu gehen und noch eine Weile zu lesen. Doch sie hatte einen kostbaren Tag mit dem Einkauf bei Harrods und dem Standesamt vertrödelt.

Sie beschloß, sich nicht zu verweichlichen, duschte, zog einen warmen Pyama an, darüber den Morgenrock, wärmte sich eine Dosensuppe und ging zurück an den Schreibtisch. Zufrieden überflog sie das Manuskript: Im ersten Drittel befaßte sie sich mit den Ereignissen, die schließlich im Bürgerkrieg gipfelten; der Mittelteil behandelte das Leben in England während des Krieges, das Auf und Ab im Kampfgeschehen, die verpaßten Chancen für eine Versöhnung zwischen König und Parlament und Gefangennahme, Prozeß und Hinrichtung von Karl I.

Jetzt war sie bereits bei der Rückkehr von Karl II. aus dem französischen Exil, seinem Versprechen, Religionsfreiheit zu gewähren, dem Prozeß gegen die Männer, die den Hinrichtungsbefehl für seinen Vater unterzeichnet hatten.

Karl kehrte am 29. Mai 1660, seinem dreißigsten Geburtstag, nach England zurück. Judith nahm den Füller, um ihrer Notizen über die zahlreichen Petitionen zu unterstreichen, mit denen ihn Royalisten wegen Titeln und von den Cromwell-Anhängern beschlagnahmten Besitzungen bestürmten.

Ihr Kopf hämmerte. Die Narbe an ihrer rechten Hand begann sich feuerrot zu färben. »Oh, Vincent«, flüsterte sie. Es war der 24. September 1660 . . .

In den sechzehn Jahren seit Vincents Tod hatten Lady Margaret und Sir John zurückgezogen in Edge Barton gelebt. Nur in der Hinrichtung des Königs und der Niederlage der royalistischen Truppen fand Lady Margaret etwas Trost. Zumindest hatte die Sache gesiegt, für die ihr Sohn gefallen war. Doch in jenen Jahren war es auch zu einer Entfremdung zwischen ihr und John gekommen. Nur auf ihr hartnäckiges Drängen hin hatte er widerstrebend den Hinrichtungsbefehl für den König unterzeichnet und sich das nie verziehen.

»Verbannung hätte vollauf genügt«, stellte er immer wieder bekümmert fest. »Und was haben wir statt dessen bekommen? Einen Lordprotektor, der sich wie ein König gebärdet und mit seinem Puritanertum England die Religionsfreiheit und uns alle Freuden, die wir einst kannten, genommen hat.«

Sie liebte ihren Gatten fast ebensosehr, wie sie den hingerichteten König haßte, und mußte nun zusehen, wie John zum vergeßlichen alten Mann verfiel; sie wußte, daß er ihr nicht verzeihen konnte, auf ihr Drängen zum Königsmörder geworden zu sein. All dies und der tägliche Gram, die Sehnsucht nach ihrem toten Sohn hatten Margaret verändert, sie verbittert gemacht. Ihr ungezügeltes Temperament wurde legendär, und der Spiegel zeigte ihr, daß sie keinerlei Ähnlichkeit mehr besaß mit der schönen Tochter des Herzogs von Wakefield, die man bei Hof mit Trinksprüchen gefeiert hatte, als sie Sir John Carew ehelichte. Nur wenn sie mit John zusammensaß und ihn mehr und mehr von der Vergangenheit reden hörte, vermochte sie sich zu erinnern, wie glücklich ihr Leben einst gewesen war.

Karl II. war im Mai nach England zurückgekehrt. Es sei genug Blut vergossen worden, erklärte er und verkündete eine allgemeine Amnestie, die Männer ausgenommen, die direkt in den Mord an seinem Vater verwickelt waren. Von den einundfünfzig Unterzeichnern des Hinrichtungsbefehls lebten noch neunundvierzig. Karl versprach denjenigen, die sich freiwillig stellten, besondere Berücksichtigung ihres Falles.

Margaret traute dem König nicht. Es war deutlich erkennbar, daß John nur noch wenig Zeit blieb. Die Anzeichen von geistiger Verwirrung mehrten sich. Oft rief er nach Vincent, der mit ihm ausreiten sollte. Er schaute Margaret wieder mit dem Ausdruck tiefer Liebe an, die er ihr in so vielen Jahren bezeigt hatte. Er sprach von seiner Absicht, bei Hof zu erscheinen und den Jahresball in Edge Barton zu veranstalten. Die flache Atmung und die aschfahle Farbe zeigten Margaret, daß sein Herz versagte.

Mit Hilfe von ein paar zuverlässigen Dienern entwarf sie einen raffinierten Plan. John würde sich nach London aufmachen, um sich dem König zu ergeben. Pächter und Dorfbewohner könnten die Kutsche abfahren sehen, die dann bei Dunkelheit zurückkehren würde. In den geheimen Räumen, die einst als Priesterversteck benutzt wurden, hatten sie ihm eine Wohnung hergerichtet. Dort hatten Angehörige des katholischen Klerus zur Zeit von Königin Elizabeth I. Zuflucht gefunden, wenn sie nach Frankreich zu entkommen suchten. Danach würde die Kutsche zu einer abgelegenen Stelle nahe der Strecke nach London zurückfahren und so zugerichtet werden, als ob Straßenräuber sie überfallen und die Insassen umgebracht hätten.

Der Plan funktionierte. Der Kutscher, mit einem stattlichen Betrag entlohnt, war unterwegs in die amerikanischen Kolonien. Johns Kammerdiener blieb mit ihm in der Geheimwohnung. Margaret schlich sich nachts in die Küche und bereitete ihnen mit Hilfe von Dorcas, einem angejahrten Küchenmädchen, etwas zu essen.

Als die Nachricht kam, daß man die Königsmörder in Charing Cross gehängt, ausgeweidet und geviertelt hatte, wußte Margaret, daß ihre Entscheidung die einzig mögliche gewesen war. John würde friedlich in Edge Barton sterben.

Von einem Trupp royalistischer Soldaten begleitet, erschien Simon Hallett am 2. Oktober bei Morgengrauen. Margaret war gerade in ihre Gemächer zurückgekehrt. Sie hatte die Nacht bei John verbracht, seinen gebrechlichen Körper umfangen und die nahende Todeskälte gespürt. Sie wußte, daß er nur mehr Wochen oder gar Tage zu leben hatte. Hastig griff sie nach einem Schlafrock und band ihn zu, während sie die Treppe hinuntereilte.

Seit achtzehn Jahren hatte sie Simon Hallett nicht mehr zu Gesicht bekommen. Er war bei Kriegsende zum König nach Frankreich ins Exil gegangen. Seine einst schwächlichen Züge waren schärfer geworden. Anstelle des verschlagenen Ausdrucks, der sie so abgestoßen hatte, war Anmaßung getreten.

»Wie schön, Euch wiederzusehen, Lady Margaret«, begrüßte er sie zynisch, als sie die große Holztür öffnete. Ohne ihre Aufforderung abzuwarten, ging er an ihr vorbei und schaute sich um. »Edge Barton ist nachlässig gepflegt worden, seitdem ich das letzte Mal hier war.«

»Während Ihr in Frankreich Eurem königlichen Herrn und Meister schmachtend zu Füßen lagt, zahlten andere Engländer zu Hause hohe Steuern als Ausgleich für die Kriegskosten.« Margaret hoffte, daß ihre Augen nicht verrieten, wie furchtbar verängstigt sie war. Argwöhnte Simon Hallett, daß Johns Kutsche gar nicht von Wegelagerern überfallen worden war? Der Befehl, den er den Soldaten erteilte, bestätigte diese Befürchtung.

»Durchsucht jeden Winkel dieses Hauses. Hier muß es ein Priesterversteck geben. Aber seid vorsichtig, damit ihr keinen Schaden verursacht. Es wird sowieso kostspielig genug, den Besitz wieder ordentlich herzurichten. Sir John hat sich hier irgendwo verkrochen. Wir gehen nicht weg ohne ihn.«

Lady Margaret bot alles an Verachtung und Zorn auf, was in ihrer Seele brannte. »Ihr irrt Euch«, erklärte sie. »Mein Gatte würde Euch mit dem Schwert empfangen, wenn er hier wäre.« Und das würdest du auch, John, dachte sie, aber du bist ja nicht hier. Du lebst in einer glücklichen Vergangenheit...

Raum für Raum wurde das große Haus untersucht. Sie rissen Schränke auf, klopften Wände ab nach Geheimgängen. Stunden verstrichen. Margaret saß in dem großen Saal an dem Feuer, für das ein Diener gesorgt hatte, und fragte sich, ob sie Hoffnung schöpfen durfte. Hallett wanderte im Haus umher, wurde immer ungeduldiger. Schließlich kehrte er in den großen Saal zurück. Dorcas hatte Margaret eben Tee und Brot gebracht. Als Halletts Blick nachdenklich auf die ältliche Frau fiel, wußte Margaret, daß es aus war. Mit einem behenden Satz durchquerte er den Raum, packte sie an den Armen und drehte sie ihr auf dem Rücken zusammen. »Du weißt, wo er ist«, herrschte er sie an. »Los, sag es mir.«

»Weiß nicht, was Ihr meint, Sir, bitte«, wimmerte Dorcas. Ihr Flehen steigerte sich zu einem schrillen Aufschrei, als Hallett ihr abermals die Arme verdrehte und das gräßliche Geräusch brechender Knochen durch den Saal hallte.

»Ich zeig's Euch, wo er ist«, kreischte sie. »Nicht mehr! Bitte nicht mehr!«

»Mach schon.« Hallett trieb die schluchzende Alte die große Treppe hinauf, drehte ihr dabei weiterhin die Arme auf dem Rücken zusammen.

Kurz darauf zerrten zwei Soldaten Sir John Carew gefesselt die Treppe hinunter. Simon Hallett steckte sein Schwert wieder in die Scheide. »Dieser Diener hat für seine Frechheit mit dem Leben gebüßt«, teilte er Margaret mit.

Wie betäubt stand sie auf und eilte zu ihrem Mann. »Ich bin anscheinend etwas unpäßlich, Margaret«, sagte John; es klang bestürzt. »Es ist sehr kalt. Könntest du bitte nachlegen lassen. Und schick Vincent zu mir. Ich habe den Jungen den ganzen Tag nicht gesehen.«

Margaret schloß ihn in die Arme. »Ich folge dir nach London.« Als die Soldaten John aus dem Haus scheuchten, fixierte sie Hallett. »Sogar diese Verrückten können seinen Zustand sehen. Und wenn sie unbedingt jemand vor Gericht stellen wollen, dann sollen sie mir den Prozeß machen. Ich war es, die von meinem Gatten verlangt hat, den Hinrichtungsbefehl für den König zu unterzeichnen.«

»Seid bedankt für diese Auskunft, Lady Margaret.« Hallett wandte sich an den kommandierenden Offizier. »Ihr könnt ihr Geständnis bezeugen.«

Margaret wurde vom Prozeß ihres Mannes ausgeschlossen. Freunde hielten sie auf dem laufenden. »Sie behaupten, er habe den Narren gespielt, es aber dennoch verstanden, einen schlauen Fluchtplan auszuhecken. Das Urteil lautet auf Königsmord, binnen drei Tagen zu vollstrecken.«

Gehenkt in Charing Cross. Sein Leichnam ausgeweidet und geviertteilt. Sein Kopf aufgespießt zur Schau gestellt.

»Ich muß den König sehen«, sagte Margaret. »Ich muß es ihm begreiflich machen.«

Ihre Vettern hatten es weder verstanden noch verziehen, daß sie es mit den Parlamentariern hielt. Doch sie stammte aus einer der großen Familien Englands. Sie verschafften ihr eine Audienz.

An dem Tag, an dem John hingerichtet werden sollte, wurde Margaret zu Karl II. geführt. Dem Vernehmen nach hatte der König seinen Ratgebern erklärt, er sei es leid und wünsche keinen weiteren Tod durch den Strang. Sie würde darum bitten, daß Sir John friedlich in Edge Barton sterben dürfe, und sich selbst als Ersatz anbieten.

Simon Hallett stand zur Rechten des Königs. Belustigt sah er zu, wie Margaret in einem tiefen Hofknicks versank.

»Sire, bevor Ihr Lady Margaret anhört, die höchst überzeugend sein kann, darf ich Euch andere Zeugen präsentieren?«

Margaret war starr vor Entsetzen, als der Captain der Wache, der John verhaftet hatte, hereingeführt wurde und dem Monarchen berichtete: »Lady Margaret hat beteuert, sie habe von ihrem Gatten verlangt, den Hinrichtungsbefehl für den König zu unterzeichnen.«

»Aber genau das wollte ich Euch ja hier kundtun. Sir John wollte es nicht unterzeichnen. Er hat mir nie verziehen, daß ich ihn dazu nötigte«, schrie sie.

»Eure Majestät«, unterbrach Simon Hallett. »Sein ganzes Leben, sein Militärdienst, seine Jahre im Parlament zeigen Sir John Carew als einen Mann mit unerschütterlichen Überzeugungen, der sich nicht von einem nörgelnden Eheweib beeinflussen läßt. Ich sage dies nicht, um ihn zu entschuldigen, sondern um Euch, bei all Eurer Großzügigkeit und Milde, begreiflich zu machen, daß Ihr einer Frau ins Antlitz blickt, die ebenso schuldig ist, als ob sie selbst jene unverzeihliche Urkunde unterzeichnet hätte. Und ich habe noch eine weitere Person, für die ich Euer Augenmerk erbitten möchte — Lady Elizabeth Sethbert.«

Eine Frau in den Dreißigern trat ein. Warum kam sie ihr so bekannt vor? Auf diese Frage erhielt Margaret bald die Antwort. Es war der Gatte von Lady Elizabeth, der Vincent getötet hatte. »Ich werde es nie vergessen, Euer Majestät«, sagte Lady Elizabeth, während sie Margaret mit eisiger Verachtung fixierte. »Als ich meinen Gatten in den Armen hielt, stolz und froh, daß er im Dienste Seiner Majestät sein Leben hingegeben hatte, sagte diese Frau, es sei ein Jammer, daß sich sein Schwert nicht in das Herz des Königs gesenkt habe. Und dann: ›Wäre es mein gewesen, so hätte es da sein Ziel gefunden.« Als sie gegangen war, erkundigte ich mich bei einem Offizier des Parlamentarierheeres nach ihrem Namen, denn sie war eindeutig eine Adelige. Den Schrecken jenes Augenblicks habe ich nie vergessen und die Geschichte oft erzählt, deshalb hat auch Simon Hallett davon erfahren.«

Der König musterte Margaret scharf. Sie hatte gehört, daß er sich einbildete, ein fachkundiger Physiognomiker zu sein und aus dem Gesichtsausdruck eines Menschen dessen Wesen deuten zu können. »Sire, ich bin hier, um meine Schuld einzugestehen«, sagte sie. »Verfahrt mit mir ganz nach Eurem Belieben, aber verschont einen kranken, geistesschwachen alten Mann.«

»Sir John Carew ist schlau genug, sich verrückt zu stellen, Sire«, bemerkte Hallett. »Und wenn es ihm dank Eurer huldvollen Begnadigung gestattet wird, nach Edge Barton zurückzukehren, wird er bald auf wundersame Weise genesen. Dann werden er und seine Gemahlin weiterhin mit den gefährlichen Revolutionären unter ihren Standesgenossen die Köpfe zusammenstecken. Diese Schurken planen für Eure Majestät dasselbe Schicksal, das Euer Vater, unser verblichener König, erlitten hat.«

Margaret starrte Hallett entgeistert an. Ihre Vettern hatten ihr erzählt, hinter der lächelnden Fassade werde Karl II. von der Vorahnung verfolgt, ihm sei es bestimmt, das Schicksal seines Vaters zu erleiden.

»Lügner!« schrie sie Hallett entgegen. »Lügner!« Sie wollte auf den König zueilen. »Euer Majestät, mein Gatte, verschont meinen Gatten.«

Simon Hallett warf sich über sie, riß sie zu Boden, lag mit seinem ganzen Gewicht auf ihr. Sie sah einen Dolch *in seiner Hand blitzen. Sie nahm an, er beabsichtige, sie damit zu erstechen, daher versuchte sie, ihm die Waffe zu entwenden. Der Dolch brachte ihr an der Daumenwurzel eine tiefe Schnittwunde bei; dann zog er sie hoch und zwang sie dabei, den Griff mit den Fingern zu umschließen.*

»*Ihr wolltet den König ermorden!*« *brüllte Hallett.* »*Seht her, Sire, sie hat eine Waffe zur Audienz mitgebracht!*«

Margaret wußte, daß jeder Protest zwecklos war. Blut strömte aus der Wunde, als man ihr die Hände fesselte und sie fortschaffte. Hallett folgte ihr nach draußen. »*Laßt mich mit Lady Margaret reden*«, *wandte er sich an die Wachen.* »*Tretet bitte etwas zurück.*« *Er raunte ihr zu:* »*In diesem Augenblick baumelt Sir John in Charing Cross am Strang, und man reißt ihm die Eingeweide heraus. Der König hat mich bereits zum Baronet ernannt. Zum Lohn dafür, daß ich ihn vor Eurer Wahnsinnstat beschützt und so sein Leben gerettet habe, werde ich Edge Barton erbitten und dann verliehen bekommen.*«

Reza Patel hatte über das Wochenende mehrmals versucht, Judith telefonisch zu erreichen. Er hinterließ keine Nachricht auf ihrem Anrufbeantworter. Sein Vorschlag, sie solle zu einer Blutdruckkontrolle in die Praxis kommen, um eine körperliche Beeinträchtigung durch das bei der Hypnose verabreichte Mittel sicherheitshalber auszuschließen, sollte ganz spontan klingen.

Am Montag war sie ebenfalls nicht zu Hause. Am Dienstag blieben er und Rebecca abends nach der Sprechstunde noch in der Praxis und sahen sich abermals die Aufzeichnung von Judiths Hypnose an.

»Psychisch ist da irgend etwas vorgegangen«, erläuterte

Patel. »Wir wissen das. Schauen Sie sich ihr Gesicht an — die Wut, der Haß darin. Was für ein Geschöpf hat Judith zurückgebracht? Und von woher? Wenn meine Theorie richtig ist, hat der Geist, das innerste Wesen der Großfürstin Anastasia sich Anna Andersons bemächtigt, sie buchstäblich überwältigt. Wird das auch Judith Chase widerfahren?«

»Judith Chase ist eine sehr starke Frau«, erinnerte ihn Rebecca. »Deshalb haben Sie ja auch eine so große Dosis gebraucht, um sie in die Kindheit zurückzuversetzen. Sie wissen doch, daß Sie nicht sicher sein können, ob all das, was ihr widerfahren sein mag, nicht sein Ende fand, als Sie sie aufweckten. Sie hatte keinerlei Erinnerung daran. Ist es nicht sehr vermessen, daß Sie sich so gewiß sind, den Beweis für das Anastasia-Syndrom erbracht zu haben?«

»Ich wünsche bei Gott, daß ich mich irre, aber das ist nicht der Fall.«

»Können Sie Judith dann nicht abermals hypnotisieren, sie an den Punkt zurückführen, von dem sie jenen Wesenskern in sich aufgenommen und mitgebracht hat, und ihr befehlen, ihn dort wieder fallenzulassen?«

Patel schüttelte den Kopf. »Ich weiß ja nicht, wohin ich sie dabei schicken würde. Versuchen wir's lieber noch mal mit dem Anrufen.«

Diesmal wurde das Telefon abgenommen. Er nickte Rebecca zu, um ihr zu bedeuten, daß Judith sich gemeldet hatte. Rebecca beugte sich herüber und stellte den Anrufbeantworter auf Konferenzschaltung.

»Ja?«

Rebecca und Patel sahen sich verwirrt an. Das war Judiths Stimme und doch wieder nicht. Das Timbre war anders, der Ton schroff und hochfahrend.

»Miß Chase?« Judith Chase?«

»Judith ist nicht da.«

»Ihr Name«, flüsterte Rebecca.

»Darf ich fragen, wie Sie heißen, Madam? Sind Sie eine Freundin von Miss Chase?«

»Eine Freundin? Wohl kaum.« Die Verbindung wurde abgebrochen.

Patel barg den Kopf in den Händen. »Was habe ich getan, Rebecca? Judith ist in zwei Persönlichkeiten gespalten. Die neue weiß von Judiths Existenz. Sie ist bereits die dominierende.«

Stephen Hallett kam erst um Mitternacht nach Hause. Den ganzen Tag hatten Konferenzen stattgefunden. Gerüchte über den Entschluß der Premierministerin kursierten überall. Er hatte sich nicht geirrt mit der Annahme, daß es Einwände gegen seine Wahl zum Parteivorsitzenden geben würde. Hawkins, ein jüngerer Minister, war besonders lautstark. »Ohne Stephen Halletts klar Vorzüge und Verdienste zu leugnen, muß ich Sie alle warnend darauf hinweisen, daß man den alten Skandal wieder aufleben lassen wird. Für die Presse wird das ein wahres Festessen. Vergessen Sie nicht, Stephen ist haarscharf an einer Anklage vorbeigekommen.«

»Und wurde vollständig entlastet«, schoß Stephen zurück. Er hatte bei dem Wortgefecht gewonnen. Er würde auch bei der Wahl zum Parteivorsitzenden gewinnen. Aber diese Belastung, wegen des Verbrechens, das ein anderer begangen hat, unter dem Schatten eines Verdachts leben zu müssen, dachte er, als er sich müde auszog. Im Bett schaute er auf die Uhr. Mitternacht. Viel zu spät für einen Anruf bei Judith. Er schloß die Augen. Gott sei Dank, daß es sie gab — so, wie sie war. Gott sei Dank, daß sie verstand, weshalb er sie davon abhalten mußte, mit der Nachforschung nach ihren leiblichen Angehörigen zu beginnen. Er wußte, wieviel er ihr damit abverlangt hatte. Beim Einschlafen gelobte er sich, ihr das bis ans Ende ihrer Tage zu vergelten.

Das Himmelbett, seit nahezu dreihundert Jahren in Familienbesitz, knarrte, als er sich umdrehte. Stephen dachte an die Freuden, die ihn erwarteten, wenn er dieses Bett mit Judith teilte, an den Stolz, den er empfinden würde, wenn sie ihn als seine Ehefrau bei offiziellen Anlässen begleitete. Sein letzter und schönster Gedanke vor dem Eindämmern galt der Aussicht auf die Zeit, die sie ganz für sich in Edge Barton, seinem geliebten Refugium, genießen würden...

Um zehn Minuten nach Mitternacht blickte Judith auf, sah auf die Uhr und stellte bestürzt fest, daß die Suppe auf dem Tablett neben ihr kalt, daß sie selber völlig durchfroren war. Konzentration ist eine Sache, aber das hier ist heller Wahnsinn, dachte sie auf dem Weg zum Bett. Rasch streifte sie den Morgenrock ab, zog dankbar die Decke hoch, stopfte sie fest um den Hals. Diese verdammte Narbe an der Hand. Sie war wieder ziemlich rot, verblaßte indes zusehends. Ein Zeichen, daß du alt wirst, wenn all deine alten Narben wieder sichtbar werden, dachte sie, während sie hinüberlangte und das Licht ausknipste.

Sie schloß die Augen und begann, über Stephens Wunsch nach einer Hochzeit im April nachzusinnen. Das hieße, in zehn bis elf Wochen. Ich werde dieses verdammte Buch abschließen und dann einkaufen gehen, gelobte sie sich. Sie stellte fest, daß sie Stephens Vorschlag entzückte, sich in Edge Barton trauen zu lassen. In den vergangenen Wochen war die Erinnerung an die Kindheitsjahre mit ihren Adoptiveltern, an all die Jahre, die sie mit Kenneth in Washington gelebt hatte, immer weiter weggerückt. Es war, als habe ihr Leben an jenem Abend begonnen, an dem sie Stephen kennenlernte, als habe sie mit allen Fasern ihres Seins erkannt, daß England ihr Zuhause war. Sie war sechsundvierzig, Stephen vierundfünfzig. Er stammte aus einer langlebigen Familie. Wir könnten eine Chance für fünfundzwanzig gute gemeinsame Jahre haben, überlegte sie. Stephen. Das förmliche, mitunter großspurige Gehabe, mit dem sich ein einsamer, sogar —, kaum glaublich —, ein recht unsicherer Mensch tarnte. Was er ihr über seinen Schwiegervater erzählt hatte, erklärte vieles ...

Ich muß unbedingt meinen richtigen Namen erfahren, Stephen, dachte sie, als sie die Augen schloß. Wenn ich nicht alles erfunden habe, bin ich der Wahrheit vielleicht schon ganz nahe. Falls es stimmt, daß ich bei einem V 1-Angriff von meiner Mutter und Schwester getrennt wurde, werde ich den Rest der Geschichte auch noch irgendwie herauskriegen. Wahrscheinlich sind beide an jenem Tag ums Leben gekommen. Ich wünschte, ich könnte ihnen Blumen aufs Grab legen, aber ich verspreche dir feierlich, keine obskuren Vettern aufzuspüren, die dich in Verlegenheit bringen könnten. Sie schlief ein mit dem glücklichen Gedanken, wie sehr sie das Leben als Lady Hallett genießen würde.

Den ganzen nächsten Vormittag über arbeitete Judith an ihrem Schreibtisch und registrierte zutiefst befriedigt den ständig wachsenden Stapel von Manuskriptseiten neben der Schreibmaschine. Sämtliche befreundeten Autoren redeten ihr zu, sich einen Computer anzuschaffen. Nach diesem Buch lege ich eine Pause ein, beschloß sie. Dann kann ich lernen, wie man einen Computer bedient. So schwierig dürfte die Umstellung nicht sein. Kenneth nannte mich immer »Mrs. Fix und fertig« — ich hätte Ingenieur werden sollen, sagte er. Aber wenn man dauernd im ganzen Land herumfährt und recherchiert, ist das wohl kaum die günstigste Voraussetzung, sich einen Schnelldrucker auszusuchen, mußte sie zugeben. Sie dehnte und streckte sich energisch.

Wenn sie und Stephen verheiratet wären, würde sie das nachholen. Er hatte starke Befürchtungen, es würde sie unglücklich machen, wenn sie die offiziellen Verpflichtungen, die sie mit ihm zusammen wahrnehmen mußte, so beanspruchten, daß ihr für ihre eigenen Vorhaben zu wenig Zeit blieb. Sie freute sich auf beide Aspekte dieses Lebens. Die zehn Ehejahre mit Kenneth waren wunderbar, aber zugleich überaus hektisch verlaufen, weil sie beide ihre Karriere aufbauten. Die niederschmetternde Enttäuschung, daß sie kinderlos blieben. Dann die zehn Jahre als Witwe, in denen Arbeit Lebenszweck und Rettung zugleich gewesen war. Bin ich denn immer nur gerannt? fragte sie sich. Habe ich bis jetzt nie wirklich Ruhe gefunden?

Die Sonne schien hell herein. Wie zauberhaft England

selbst im Januar sein kann, dachte sie. Den ganzen Vormittag hatte sie über die Zeit der Restauration geschrieben, als — wie Samuel Pepys in seinem Tagebuch vermerkte — zahlreiche Freudenfeuer brannten und die Kirchenglocken in der Londoner City läuteten. Man trank auf den König, und in den Dörfern waren wieder Maibäume zu sehen. Anstelle der düsteren Grautöne der Puritaner traten leuchtende Farben, und der König fuhr mit der Königin durch den Hyde Park.

Um 13 Uhr entschloß sich Judith zu einem Spaziergang durch die Umgebung von Whitehall Palace, um dort vielleicht etwas von der Erleichterung nachzuempfinden, mit der das Volk die Wiederherstellung der Monarchie ohne einen weiteren Bürgerkrieg aufgenommen hatte. Vor allem wollte sie das Standbild von Karl I. besichtigen. Die älteste und schönste Reiterstatue von London hatte man einem Schrotthändler überlassen mit der Auflage, sie während der Ära Cromwell zu vernichten. Aus Loyalität dem toten König gegenüber und in Erkenntnis des unschätzbaren Wertes, hatte der Schrotthändler den Befehl nicht ausgeführt, sondern das Standbild bis zur Rückkehr von Karl II. versteckt. Man ließ einen prachtvollen Sockel anfertigen und stellte das Denkmal schließlich am Trafalgar Square auf, mit direktem Blick über Whitehall zu dem Platz, auf dem Karl I. hingerichtet worden war.

Sie hatte den ganzen Vormittag im Morgenrock an der Schreibmaschine gesessen. Jetzt duschte sie rasch, schminkte sich die Lippen und tuschte sich die Wimpern, rieb sich das Haar trocken, wobei sie feststellte, daß es zu lang wurde. Es sieht ja gar nicht übel aus, mußte sie zugeben, als sie sich kritisch im Spiegel musterte. Aber mit beinahe siebenundvierzig setze ich doch wohl besser auf die persönliche Note. Dann zog sie die Augenbrauen hoch. Du siehst nicht aus wie siebenundvierzig, Kindchen. Ihr Spiegelbild wirkte durchaus beruhigend. Dunkelbraunes Haar mit leichtem Goldschimmer. Als Kind war sie blond. Der englische Teint. Ovales Gesicht, große blaue Augen. Sie fragte sich, ob sie wohl ihrer leiblichen Mutter ähnlich sah.

Sie zog sich rasch an, dunkelgraue Hose, weißer Rollkragenpullover, Stiefel. Meine Uniform, dachte sie. Wenn ich erst mit Stephen verheiratet bin, kann ich mich in diesem Aufzug nicht in die Stadt wagen. Sie schwankte, ob sie den Burberrry oder das neue Cape nehmen sollte. Das Cape. Sie ergriff die Schultertasche mit den Notizblocks und dem eventuell benötigten Nachschlagematerial und machte sich auf den Weg.

Als Judith am Trafalgar Square stand und die prachtvolle Statue des hingerichteten Königs betrachtete, fielen ihr ein paar Zeilen aus einem Gedicht von Lionel Johnson ein, die ihren Eindruck bestätigten. Die staatliche Figur mit schulterlangem Haar, gepflegtem Bart, hocherhobenem Haupt und königlicher Haltung wirkte tatsächlich ruhig, friedvoll. Der Hengst, auf dem er saß, schien mit den Hufen zu scharren und losgaloppieren zu wollen.

Und dennoch war Karl I. so verhaßt, dachte Judith. Wie würde die Welt heute aussehen, wenn es ihm gelungen wäre, das Parlament abzuschaffen? Hinter ihr näherte sich hörbar eine der unvermeidlichen Touristengruppen. Der Fremdenführer wartete, bis sich seine Herde im

Halbkreis um ihn geschart hatte, um dann seinen Redeschwall vom Stapel zu lassen. »Was wir heute Trafalgar Square nennen, war ursprünglich Teil von Charing Cross«, erklärte er. »Passenderweise hat man dieses Denkmal genau an der Stelle errichtet, wo viele der Königsmörder hingerichtet wurden, eine feinsinnige Form, den toten König zu rächen, finden Sie nicht? Die Hinrichtungen waren kein sanfter Tod. Die Verurteilten wurden gehenkt, ausgeweidet und geviertelt, die Eingeweide schnitt man ihnen bei lebendigem Leibe heraus.«
John mußte auf diese Weise sterben ... Ein kranker, verwirrter alter Mann ...

»Am 30. Januar wurde der König enthauptet. Wenn Sie am nächsten Dienstag herkommen, können Sie den Kranz besichtigen, den die Royal Stuart Society am Sockel niederlegt. Das ist Tradition, seitdem man das Standbild hier aufgestellt hat. Manchmal bringen Touristen und Schulkinder auch eigene Kränze oder Blumen. Wirklich rührend, so was.«

»Man müßte die Statue vernichten und die Dummköpfe, die Kränze niederlegen, bestrafen.«

Der Fremdenführer drehte sich zu Judith um. »Entschuldigen Sie, Madam, haben Sie mich etwas gefragt?«

Lady Margaret antwortete nicht. Sie nahm die Büchermappe in die linke Hand, holte mit der rechten die dunkle Brille hervor und zupfte an der Kapuze des Capes, so daß sie ihr Gesicht halb verdeckte.

Eine Zeitlang wanderte sie ziellos am Victoria Embankment die Themse entlang bis zum Big Ben und dem Parlamentsgebäude. Dort blieb sie stehen, starrte auf die Bauten, völlig blind gegen die Passanten, von denen sie manche neugierig musterten.

Ihre eigenen Worte klangen ihr in den Ohren. »Man müßte die Statue vernichten und die Dummköpfe, die Kränze niederlegen, bestrafen.« Aber wie, John, fragte sie sich. Wie soll ich das anfangen?

Unschlüssig ging sie die Bridge Street hinunter, überquerte die Parliament Street, bog rechts ab und fand sich in der Downing Street. Vor den Häusern am Ende der Straße waren Polizisten postiert. Eins davon war Downing Street 10. Der Amtssitz des Premierministers. Das zukünftige Heim von Stephen Hallett, Nachfahre von Simon Hallett. Margaret lächelte bitter. Es hat so lange gedauert, dachte sie. Und jetzt bin ich endlich hier, um John und mir Gerechtigkeit widerfahren zu lassen.

Zuerst das Standbild, beschloß sie. Am 30. Januar würde sie zusammen mit anderen einen Kranz niederlegen. Doch an ihrem würde zwischen Blättern und Blüten Sprengstoff versteckt sein.

Sie erinnerte sich an das Schießpulver, das im Bürgerkrieg so viele Häuser zerstört hatte. Was für Sprengstoffe benutzte man heutzutage? Drei Blocks weiter passierte sie eine Baustelle, blieb stehen und sah zu, wie ein schweißtriefender, muskulöser junger Mann den Preßlufthammer schwang. Sie erschauerte.

Das Beil wird gehoben, saust hinunter. Der furchtbare Moment der Todesqual, der Kampf, weiter in diesem Dasein zu verweilen, zu warten, immer zu wissen, daß sie irgendwie zurückkehren würde. Die Erkenntnis, daß dieser Moment gekommen war, als Judith Chase herbeieilte, sie zu retten.

Der muskulöse Arbeiter hatte bemerkt, daß sie ihn beobachtete. Ein durchdringender Pfiff ertönte. Sie lächelte verführerisch und winkte ihn heran. Sie verließ ihn mit dem Versprechen, sich um 18 Uhr mit ihm in seiner Wohnung zu treffen.

Dann begab sie sich in die Handbibliothek beim Leicester Square, wo ein höflicher Bibliothekar Bücher hinlegte und dabei flüsternd die Titel nannte: Die Pulververschwörung, Machtkämpfe im 17. Jahrhundert, Die Geschichte der Sprengstoffe.

Als sie an jenem Abend in den schweißbedeckten Armen des Arbeiters lag, vertraute Margaret ihm zwischen Liebkosungen und Schmeicheleien an, sie müsse auf ihrem Landgut einen verrotteten Wagenschuppen beseitigen und habe einfach nicht das Geld, ein Abbruchunternehmen anzuheuern. Rob war doch so geschickt. Könnte er ihr vielleicht zu dem Zeug verhelfen, das sie dafür brauchte, und ihr zeigen, wie sie es benutzen sollte? Sie würde ihn gut bezahlen.

Robs Mund preßte sich auf ihre Lippen. »Du bist selber eine echte Dynamitbombe. Wir treffen uns morgen abend hier, Schätzchen. Mein Bruder kommt auch. Aus Wales. Arbeitet dort in einem Steinbruch. Für den ein Kinderspiel, das zu organisieren, was du brauchst.«

Als Judith um 22 Uhr nach Hause kam, hatte der Anrufbeantworter zwei Telefonate von Stephen registriert. Um 21 Uhr 30 war sie in eine Kneipe in Soho gegangen, wo sie mit Erschrecken feststellte, wie spät es geworden war. Entsetzt wurde ihr klar, daß sie sich als letztes bewußt erinnerte, an dem Denkmal von Karl I. gestanden zu haben. Das war gegen 14 Uhr gewesen. Was hatte sie in den dazwischenliegenden Stunden getan? Sie hatte vorgehabt, nochmals die Geburtenregister zu studieren. Das habe ich vermutlich auch gemacht, dachte sie. Wenn es wiederum erfolglos war, könnte ich dann eine Art psychischer Reaktion gehabt haben? Auf diese Frage fand sie keine Antwort.

Beunruhigt runzelte sie die Stirn, als sie Stephens dringende Bitte um Rückruf hörte. Aber vorher wird geduscht, beschloß sie. Der ganze Körper tat ihr weh und schien irgendwie beschmutzt. Sie hakte das Cape auf. Was hatte sie bloß zu diesem Kauf veranlaßt? Ihr war jetzt klar, daß sie sich darin unbehaglich fühlte. Sie stopfte es hinten in den Schrank, strich leicht über den Burberry. »Du bist mehr mein Stil«, sagte sie laut.

Sie brauste Gesicht, Haar und Körper gründlich ab. Heißes Wasser, duftende Seife und Shampoo, prickelndes kaltes Wasser. Aus unerfindlichen Gründen ging ihr ein Zitat aus *Macbeth* durch den Kopf: *Kann wohl des großen Meergotts Ozean dies Blut von meiner Hand wegwaschen?* Wie komme ich ausgerechnet darauf? fragte sich Judith. Natürlich, dachte sie beim Abtrocknen, die verdammte Narbe hat sich wieder knallrot verfärbt.

Den Bademantel um die schlanke Taille gegürtet, ein Handtuch um das feuchte Haar gewunden, an den Füßen bequeme Slipper, ging Judith zum Telefon, um Stephen anzurufen. An seiner Stimme erkannte sie sofort, daß er geschlafen hatte. »Das tut mir leid, Darling«, sagte sie.

Er fiel ihr ins Wort. »Sollte ich nachts wach werden, wird mir sehr viel wohler sein, wenn ich weiß, daß ich mit dir gesprochen habe. Wo hast du denn nur gesteckt, Darling? Fiona hat mich angerufen. Sie hat dich heute abend erwartet. Stimmt etwas nicht?«

»Du lieber Himmel, Stephen, das hab ich total vergessen.« Judith biß sich nervös auf die Zunge. »Ich hatte den Anrufbeantworter eingeschaltet und das Band gerade erst abgehört.«

Stephen lachte. »Du bist von entwaffnender Aufrichtigkeit. Aber du solltest dich lieber mit Fiona versöhnen, Darling. Sie war schon sauer, daß sie mich nicht als potentiellen Parteivorsitzenden vorführen konnte. Vielleicht überlassen wir es ihr, nach der Wahl eine Verlobungsparty für uns zu veranstalten. Wir verdanken ihr eine Menge.«

»Ich verdanke ihr den Rest meines Lebens«, sagte Judith leise. »Ich rufe sie gleich morgen früh an. Gute Nacht, Stephen. Ich liebe dich.«

»Gute Nacht, Lady Hallett. Ich liebe dich.«

Ich verabscheue Lügen, dachte Judith, als sie den Hörer auflegte, und ich habe eben gelogen. Am nächsten Tag würde sie Dr. Patel aufsuchen. Es gab keine Sarah Marrish oder Marsh im Geburtenregister für Mai 1942. Hatte sie alles erfunden, was sie ihm erzählt hatte? Und wenn ja, spielte ihr Geist ihr weiterhin Streiche? Wieso hatte sie an diesem Tag sieben Stunden als verloren zu buchen?

Am nächsten Morgen um 10 Uhr setzte sich Dr. Reza Patels Sprechstundenhilfe über seine Anweisung hinweg, ihm Anrufe fernzuhalten, und läutete durch, um ihm mitzuteilen, Miss Chase sei am Apparat, es handle sich um einen Notfall. Er und Rebecca hatten abermals die potentielle Gefahr von Judiths Zustand erörtert. Patel drückte auf die Knöpfe für Konferenzschaltung und Recorder. Gemeinsam mit Rebecca hörte er angespannt zu, was Judith über ihre siebenstündige Gedächtnislücke zu berichten hatte.

»Ich bin der Meinung, Sie sollten sofort herkommen«, erklärte Patel. »Sie erinnern sich vermutlich, daß Sie eine Vereinbarung unterschrieben haben, die mir eine Aufzeichnung Ihrer Hypnose gestattet. Das Band möchte ich Ihnen gern vorführen. Vielleicht hilft es Ihnen. Ich habe keinen Grund zu der Annahme, daß Ihre Kindheitserinnerung nicht korrekt war. Und machen Sie sich nicht zuviel Gedanken über diesen vermeintlichen Gedächtnisverlust. Sie besitzen eine enorme Konzentrationsfähigkeit. Das wurde zu Anfang der Hypnose deutlich. Sie haben mir selber erzählt, daß Sie beim Arbeiten überhaupt nicht merken, wie die Zeit vergeht.«

»Das stimmt«, bestätigte Judith. »Aber es ist eins, wenn das passiert, während ich am Schreibtisch sitze, und etwas völlig anderes, um 14 Uhr am Trafalgar Square zu stehen und mich um 21 Uhr 30 in einer Kneipe in Soho wiederzufinden. Ich komme jetzt zu Ihnen in die Praxis.«

Diesmal trug sie beigefarbene Hosen, einen gleichfarbigen Kaschmirpullover mit einem an der Schulter geknoteten Schal in Beige, Braun und Gelb und braune Stiefel. Sie knöpfte den Burberry zu, schnallte den Gürtel um; er gab ihr ein warmes, angenehm vertrautes Gefühl, und sie bedauerte wiederum, dreihundert Pfund für das Cape ausgegeben zu haben.

In Patels Praxis erkundigte sich Rebecca verblüfft: »Sie haben doch sicher nicht vor, ihr die Bandaufzeichnung zu zeigen?«

»Nur bis zu der Stelle, wo sie in die Kindheit zurückversetzt wurde. Sie stellt bereits Fragen, Rebecca. Sie hat sich ganz auf diesen Aspekt konzentriert und nicht darauf, was ihr widerfahren sein mag. Wir wissen nach wie vor nicht, wie man ihr helfen kann. Daran wird sich auch nichts ändern, wenn wir nicht irgendwie eruieren können, wer diese zweite Persönlichkeit in ihr ist. Kopieren Sie jetzt rasch das Band bis zu der Stelle, wo ich ihr den ersten Befehl zum Aufwachen erteile.«

Im Taxi wurde Judith auf dem Weg in Patels Praxis klar, daß sie zutiefst beunruhigt war. Er hatte ihr eine Droge verabreicht. Sie erinnerte sich an die Artikelserien, die sie seinerzeit als Journalistin über LSD und dessen Wirkungen geschrieben hatte. Sie bemühte sich, die Folgeerscheinungen zu rekonstruieren. Halluzinationen, Gedächtnisverlust, Blackouts. Mein Gott, dachte sie, was habe ich mir selbst angetan?

Doch als sie kurz darauf vor dem Bildschirm saß, war sie zuinnerst aufgewühlt durch das, was sie wahrnahm. Patels gezielte Fragen. Ihre eingehenden Berichte über Geburtstage, die Ehe mit Kenneth, ihre Adoptiveltern. Die Art, wie Patel sie schrittweise in die frühe Kindheit zurückführte. Ihr offensichtliches Zögern, über den Bombenangriff zu reden. Tränen brannten ihr in den Augen, als sie in hypnotisiertem Zustand um ihre Mutter und Schwester weinte. Und dann wurde ihr etwas klar. Die Namen. *Molly. Marrish.* »Stop. Halten Sie bitte das Band an.«

»Selbstverständlich.« Rebecca drückte die entsprechende Taste auf der Fernbedienung.

»Können Sie zurückspulen? Ich erinnere mich nämlich, daß ich als Kind einen Sprachfehler hatte. Ich soll große Schwierigkeiten mit dem P gehabt haben. Als ich den Namen meiner Schwester auf dem Band hörte, war ich mir nicht sicher, ob es 'Molly' oder 'Polly' heißen sollte. Und stellen Sie den Ton lauter, wo ich 'Marrish' oder 'Marsh' sage. Das kommt wirklich nicht ganz deutlich, oder?«

Gespannt beobachteten sie den Ablauf. »Durchaus möglich«, meinte Patel. »Vielleicht haben Sie sich bemüht, so etwas wie 'Parrish' zu sagen.«

Judith stand auf. »Zumindest ist da noch eine Alternative durchzukämmen — nachdem ich Marsh und Marrish und March und Markey und Markham und Marmac und wer weiß wie viele sonst noch abgehakt habe. Sagen Sie's mir offen, Doktor. Gibt es etwas, das ich über die Behandlung wissen sollte? Warum sind wir gestern diese Stunden einfach verlorengegangen?«

Sie spürte, daß Patel jedes Wort sorgfältig abwog. Er saß an dem schweren Schreibtisch und spielte mit einem Brieföffner. Sie bemerkte den Tisch und den Spiegel in der Ecke. Auf diesen Tisch war sie zugegangen, als ihr das kleine Kind erschien.

Reza Patel beobachtete Judiths Blickrichtung und wußte genau, was sie dachte. Erleichtert erkannte er, daß er einen Weg gefunden hatte, ihr zu antworten. »Sie sind vorige Woche zu mir gekommen, weil Sie wiederholt Halluzinationen hatten, die ich lieber als Gedächtnisdurchbrüche bezeichnen würde. Dieser Prozeß geht weiter, eventuell in leicht veränderter Form. Gestern waren Sie unterwegs zum Standesamt. Sie hatten dort bereits eine heftige Enttäuschung erlitten. Ich möchte annehmen, daß Sie wahrscheinlich abermals hingegangen sind und die Register zum zweitenmal ergebnislos durchgesehen haben. Ich glaube, deshalb hat Ihre Psyche zur erprobten Selbstschutzmaßnahme gegriffen und abgeblockt. Vielleicht haben Sie heute etwas Wichtiges erkannt, Judith. Möglicherweise ist der Name, den auszusprechen Sie sich bemühten, Parrish, nicht Marrish, oder ähnlich wie Parrish. Es hat Sie frustriert, daß Sie die gewünschte Information nicht schnell herausfinden können. Ich bitte Sie, geben Sie sich noch eine Chance. Achten Sie auf jedes Phänomen, eine Rückblende, ein Gefühl, Stunden verloren zu haben, einen Namen oder Gedanken, der Ihnen durch den Kopf geht und abwegig erscheint. Die Psyche versucht auf seltsame Weise, uns Anhaltspunkte zu liefern, wenn wir in das Unterbewußtsein eindringen.«

Das klang plausibel, doch Judith wiederholte ihre Frage. »Dann gab es also nichts — weder bei der Behandlung noch bei dem Mittel, das Sie verwendet haben —, was jetzt irgendeine Reaktion bewirken könnte?«

Rebecca betrachtete die Fernbedienung, die sie noch in der Hand hielt. Reza Patel hob den Blick und sah Judith direkt in die Augen. »Absolut nichts.«

Nachdem Judith gegangen war, wandte sich Patel mit der verzweifelten Frage an Rebecca: »Was könnte ich ihr sonst sagen?«

»Die Wahrheit«, entgegnete Rebecca ruhig.

»Was würde es nützen, ihr Angst einzujagen?«

»Ich denke, Sie sollten sie warnen.«

Judith fuhr direkt nach Hause. Sie wollte es nicht riskieren, das Standesamt heute abermals aufzusuchen. Statt dessen ließ sie sich am Schreibtisch nieder, die aufgeschlagenen Notizbücher um sich ausgebreitet, die angejahrte Schreibmaschine, die mit ihrem Anschlag vertraut war, links von ihr auf dem Tischchen. Sie arbeitete ununterbrochen bis zum frühen Nachmittag, in der tröstlichen Gewißheit, gut mit dem Buch voranzukommen. Um 14 Uhr machte sie sich geschwind ein Sandwich und eine Kanne Tee und brachte das Tablett zum Schreibtisch. Wenn sie bis in den Spätnachmittag weiterschrieb, könnte sie das nächste Kapitel vollenden. Sie war mit Stephen zu einem späten Abendessen verabredet.

Um 16 Uhr 30 begann sie mit dem Tippen ihrer Notizen über den Prozeß gegen die Königsmörder: *Von manchen wurde die Ansicht vertreten, daß die Verfahren fair waren, daß man ihnen mehr Achtung und Rücksichtnahme erwies, als sie ihrem König gezollt hatten. Sie standen in den überfüllten Gerichtssaal, verhöhnt vom royalistischen Mob, sprachen unbeirrt von ihrer Gewissenspflicht, von ihrem festen Vertrauen, daß ihnen ihr Gott ein gnädiger Richter sein würde.*«

Sie ließ die Finger von den Tasten sinken. Die Narbe an ihrer Hand begann zu pochen. Judith stieß den Stuhl zurück und sah auf die Uhr. Sie hatte doch eine Verabredung getroffen, oder?

Lady Margaret eilte zum Schrank und langte nach dem grünen Cape. Du dachtest, du könntest es verstecken, Judith, höhnte sie. Sie knöpfte es am Hals zu, doch bevor sie sich die Kapuze über den Kopf zog, drehte sie das Haar zu einem Nackenknoten. Sie hastete zurück, suchte und fand die dunkle Brille in Judiths großer Schultertasche und verließ die Wohnung.

Rob erwartete sie in seinem Zimmer. Auf dem Fenster-

brett standen zwei Bierdosen. »*Du bist spät dran*«, begrüßte er sie.

Lady Margaret lächelte zurückhaltend. »*Ungern. Es ist nicht immer so einfach, wegzukommen.*«

»*Wo wohnst du, Schätzchen?*« *fragte er, während er ihr das Cape aufknöpfte und sie in die Arme schloß.*

»*In Devon. Hast du das Versprochene mitgebracht?*«

»*Das hat doch noch viel Zeit.*«

Eine Stunde später lag sie neben ihm auf dem zerwühlten Bett und hörte mit gespannter Aufmerksamkeit zu, als Rob erklärte: »*Jetzt weißt du also, daß du dich mit dem Zeug ins Jenseits jagen kannst, darum merk dir ja gut, was ich dir eingetrichtert hab. Die Menge reicht glatt, um Buckingham Palace wegzupusten, aber ich muß schon zugeben, ich steh auf dich. Morgen abend um die gleiche Zeit?*«

»*Natürlich. Und ich hab versprochen, dich für deine Mühe zu bezahlen. Reichen zweihundert Pfund?*«

Um zehn vor neun blickte Judith hoch. Meine Güte, dachte sie. Der Wagen kann jede Minute hier sein. Sie stürzte ins Schlafzimmer, um sich umzuziehen, beschloß aber dann, zu duschen. Weil ich von dem langen Sitzen so verdammt steif bin, dachte sie. Sie konnte gar nicht verstehen, weshalb sie sich auch diesmal wieder irgendwie schmutzig vorkam.

Der 30. Januar war ein kalter, klarer Montag, strahlender Sonnenschein, trockene, belebende Luft. Lehrer behielten die Scharen von Schülern scharf im Auge, als sie sich hinter den beiden für die Kranzniederlegung am Denkmal von Karl I. Ausersehenen versammelten.

Weitere Blumenspenden türmten sich dort bereits. Kameras klickten, und Touristengruppen lauschten gebannt dem dramatischen Bericht über Leben und Tod des hingerichteten Königs.

Lady Margaret hatte ihren Kranz bereits niedergelegt. Jetzt hörte sie spöttisch zu, wie ein bebrillter Zwölfjähriger mit verlegenem Stolz das Gedicht von Lionel Johnson zu rezitieren begann.

Ein Polizist unter den Zuschauern lächelte über die ernsten Gesichter der Kinder. Die beiden, die den Kranz hielten, waren deutlich von ihrer Wichtigkeit durchdrungen. Sauber geschrubbt und strahlend, dachte er. Gut geschulte, wohlerzogene britische Kinder, die ihren geschundenen Monarchen ehren. Der Polizist warf einen Blick auf die Kränze, die bereits am Denkmalssockel lehnten. Seine Augen verengten sich. Rauch. Durch die Blumenberge quoll langsam Rauch ...

»Zurücktreten!« brüllte er. »Alles zurück!« Er stürmte los, vor die aufgereihten Kinder. »Macht kehrt, lauft, was ihr könnt. Zurück, sag ich euch.« Verängstigt und konfus drehten sich die Kinder um, und der Kreis um die Statue verbreiterte sich. »Zurück, könnt ihr denn nicht hören?« brüllte er. »Schafft Platz!«

Jetzt erkannten die Touristen, daß Gefahr bestand, und ergriffen die Flucht.

Starr vor Wut sah Margaret zu, wie der Polizist die Kränze wegschob, das braune Päckchen hervorholte, das sie unter ihre Blumen gelegt hatte, und es auf den geräumten Platz schleuderte. Angstschreie verschmolzen mit der Detonation zu einem Inferno, als ein Splitterhagel auf die Menge niederprasselte.

Während sie sich davonstahl, entdeckte Margaret, daß ein Tourist die Szene mit einer Videokamera aufzeichnete. Sie zog die Kapuze tiefer ins Gesicht und verschwand unter den zahlreichen Passanten, die herbeieilten, um den verletzten Kindern zu helfen. Von Big Ben ertönte das Mittagsläuten.

Das Laufen kostete sie zuviel Zeit, fand Judith, als sie um 12 Uhr 30 durch die Drehtür das Standesamt betrat. Zugegeben, sie hatte seit Tagesanbruch am Schreibtisch gesessen. Trotzdem hätte sie keine knappe Stunde für den Weg von der Wohnung bis hierher brauchen dürfen. Die Zeit wäre besser auf die Durchsicht der Register zu verwenden gewesen.

Es wurde immer schwieriger, Stephen zu verheimlichen, was sie tat. Anfangs hatte sie sein Interesse an ihren Recherchen entzückt. Jetzt, da sie Stunden im Standesamt und in der Bibliothek zubrachte, vertieft in die Berichte über die Luftangriffe auf London im Jahre 1942, wußte sie, daß ihre Antworten auf Stephens Fragen nach ihren Aktivitäten zu vage klangen. Überdies werde ich verdammt nachlässig, dachte sie. Irgendwie hatte sie zweihundert Pfund aus ihrer Geldbörse verloren.

Auf dem bekannten Weg zu den Regalen fiel ihr plötzlich ein, daß sie schon wieder vergessen hatte, Fiona anzurufen. Wenn ich Pause mache, erledige ich das von hier aus, nahm sie sich vor.

Sie vermied es geflissentlich, die mit »p« markierten Ordner durchzusehen, bis sie sicher war, daß sie in den Geburtenregistern für Mai 1942 jede nur denkbare Variante des Namens Marrish überprüft hatte.

Eine ältere Frau machte ihr höflich Platz an dem dicht besetzten Tisch.

»Ist das nicht grauenvoll?« fragte sie. Als Judith sie erstaunt ansah, fügte sie hinzu: »Vor einer halben Stunde hat jemand versucht, das Denkmal von Karl I. in die Luft zu jagen. Dutzende von Kindern wurden verletzt. Ohne den geistesgegenwärtigen Polizisten wären sie jetzt tot. Der hat den Rauch gesehen und sofort geschaltet. Hundsgemein, so was. Diese Terroristen verdienen wahrhaftig die Todesstrafe, das sollte sich das Parlament mal hinter die Ohren schreiben, sag ich Ihnen.«

Erschrocken erkundigte sich Judith nach näheren Einzelheiten.

»Ich war neulich erst da«, sagte sie. »Der Fremdenführer hat erwähnt, daß heute eine feierliche Kranzniederlegung stattfinden soll. Das müssen doch Verrückte sein, wenn sie dazu imstande sind.«

Immer noch ungläubig den Kopf schüttelnd, nahm sie sich abermals die Vierteljahresbände für 1942 vor und konsultierte ihre Notizen. Sie dachte an die Bandaufzeichnung von Dr. Patel. Ich habe ganz deutlich »Mai« gesagt, überlegte sie. Mit »vier'n« konnte nur der Vierte gemeint sein. Aber vielleicht sollte es auch Vierzehnter oder Vierundzwanzigster heißen? Ich habe mich offensichtlich bemüht, »Rakete« zu sagen. Ihre Recherchen hatten ergeben, daß die erste Rakete am 13. Juni 1944 London traf. Am 24. Juni schlug eine in der Nähe von Waterloo Station ein. Ich erinnere mich, in einen Zug geklettert zu sein, dachte Judith. Ich trug nur einen leichten Pulli über dem Kleid, also muß es ziemlich warm gewesen sein. Angenommen, wir waren an jenem Tag unterwegs zur Waterloo Station. Mutter und Schwester wurden getötet. Ich wanderte in den Bahnhof und kletterte in den Zug. Am nächsten Morgen wurde ich in Salisbury aufgefunden. Das würde erklären, warum in London niemand, der mich vielleicht kannte, mein Bild gesehen hat.

Sie hatte gesagt, daß sie in Kent Court wohnte. Am 13. Juni 1944 war die Kensington High Street von einer Rakete getroffen worden, ein paar Tage danach die Kensington Church Street. *Kensington Court* war eine nahegelegene Wohnstraße.

Die Peter Pan-Statue stand in Kensington Gardens, dem an die Gegend angrenzenden Park. Eine ihrer Halluzinationen hatte ihr ein Kleinkind gezeigt, das die Peter Pan-Statue anfaßte. Anhand von Stadtplänen und Recherchen ließ sich beweisen, daß sie den ersten Raketenangriff auf Kensington durchaus miterlebt haben konnte, wenn sie tatsächlich in der Gegend gewohnt hatte.

Judith spürte, daß sie zu zittern begann. Wieder passierte es — der Tisch und die Regale verschwanden, der Raum wurde dunkel.

Das kleine Mädchen. Sie sah es durch den Schutt stolpern, hörte es schluchzen. Der Zug. Die offene Tür. Die aufgestapelten Pakete und Säcke.

Das Bild verschwand, doch diesmal war Judith klar, daß sie es positiv aufgenommen hatte. Ich schaffe tatsächlich Durchbrüche, dachte sie triumphierend. Es war eine Art Güterwagen. Deswegen hat mich niemand gesehen. Ich hab mich hingelegt, auf irgendwas Hartes, und bin eingeschlafen. Die Daten passen.

Am folgenden Tag, dem 25. Juni 1944, stieß Amanda Chase, die beim *Women's Royal Navel Service* und mit dem amerikanischen Marineoffizier Edward Chase verheiratet war, auf eine Zweijährige, die allein in Salisbury herumlief, das handgenähte, gesmogte Kleid und der wollene Pullover verschmiert und schmutzig. Das Kind, still und großäugig, brachte kein Wort heraus, war anfangs mißtrauisch, flüchtete sich dann in die liebevoll ausgestreckten Arme. Das Kind ohne Erkennungsmarke. Das Kind, nach dem niemand suchte. Amanda und Edward Chase besuchten die Kleine, die sie Judith nannten, im Waisenhaus, machten mit ihr Ausflüge. Als sie zu sprechen begann, sagte sie Mami und Papi zu ihnen. Nachdem sämtliche Bemühungen, ihre leiblichen Angehörigen zu finden, erfolglos geblieben waren, erhielten Amanda und Edward Chase zwei Jahre später die Genehmigung, Judith zu adoptieren.

Judith erinnerte sich noch an den Tag, an dem die beiden sie im Waisenhaus abholten. »Darf ich wirklich bei euch wohnen?«

Mit strahlenden braunen Augen drückte Amanda sie an sich. »Wir haben wirklich alles getan, was in unseren Kräften stand. Aber jetzt gehörst du zu uns.«

Edward Chase, hochgewachsen, ruhig, liebevoll, wurde nun ihr Vater. »Du bist genau das Kind, das wir uns gewünscht haben. Das geht Adoptiveltern leicht über die Lippen — aber in unserem Fall ist es die volle Wahrheit.«

Sie waren so gut zu mir, dachte Judith, als sie mit neuer Hoffnung zu einer weiteren langen, mühsamen Suche ansetzte. Ich war so glücklich bei ihnen.

Edward Chase, Absolvent der Marineakademie von Annapolis, wurde nach dem Krieg Marineattaché im Weißen Haus. Judith hatte noch schwache Erinnerungen an das Ostereiersuchen auf dem Rasen des Weißen Hauses, an Präsident Trumans Frage, was sie denn später einmal werden wolle. Danach wurde Edward Chase Militärattaché in Japan, dann Botschafter in Griechenland und Schweden.

Wer hätte sich liebevollere Eltern wünschen können, fragte sich Judith, als sie den Band in die mit »M« markierte Regalreihe zurückstellte. Sie waren in den Dreißigern, als sie sie adoptierten, starben vor acht Jahren kurz hintereinander, hinterließen ihr beachtliches Vermögen ihrer »geliebten Tochter Judith«.

Und jetzt wurde ihr klar, daß sie den beiden Toten gegenüber keinerlei Schuldgefühle empfand, wenn sie versuchte, ihre Erzeuger ausfindig zu machen. Stunden verrannen. Marsh. March. Mars. Merrit. In den Registern für Mai 1942 gab es keine Variante von Marrish oder sonst irgendeinen Namen mit dem Anfangsbuchstaben M, unter denen »Sarah« als erster oder zweiter Vorname verzeichnet war. Es wurde Zeit, unter »P« zu suchen in der Hoffnung, daß sie sich vielleicht bemüht hatte, »Parrish« zu sagen, und das nicht richtig aussprechen konnte.

Sie überflog mehrere Seiten, bis sie den Namen Parrish fand. Parrish, Ann, Bezirk Knightsbridge; Parrish, Arnold, Bezirk Piccadilly. Und dann sah sie es.

		Mädchenname der Mutter	Bezirk	Band	Seite
Parrish	Mary Elizabeth	Travers	Kensington	6B	32

Parrish! Kensington! Mein Gott, dachte sie. Sie legte den Zeigefinger auf diese Reihe und ging in Windeseile den Rest der Seite durch. Parrish, Norman, Bezirk Liverpool; Parrish, Peter, Bezirk Brighton; Parrish, Richard,

Bezirk Chelsea; *Parrish, Sarah Courtney, Mädchenname der Mutter Travers, Bezirk Kensington, Band 6B, Seite 32.*

Judith wagte ihren Augen nicht zu trauen und raste zum Auskunftsschalter. »Was bedeutet das?«

Die Beamtin hatte ihr kleines Transitorradio auf dem Schreibtisch ganz leise gestellt und riß sich nur zögernd von den BBC-Nachrichten los. »Furchtbar, dieser Sprengstoffanschlag«, verkündete sie. Und nach einer Pause: »Entschuldigung. Was hatten Sie gefragt?«

Judith deutete auf die Namen Mary Elizabeth und Sarah Courtney Parrish. »Sie sind am gleichen Tag geboren. Der Mädchenname der Mutter ist bei beiden derselbe. Könnte es sich um Zwillinge handeln?«

»Es sieht ganz so aus. Und bei Zwillingen wird genauestens registriert, welcher zuerst geboren wurde. Das ist ja häufig ausschlaggebend dafür, wer den Titel erbt. Möchten Sie die kompletten Geburtsurkunden erwerben?«

»Ja, selbstverständlich. Noch eine Frage. Ist Polly in England nicht ein Kosename für Mary?«

»Sehr oft. Meine Kusine, zum Beispiel. Für die Ausfertigung der Geburtsurkunden müssen Sie die entsprechenden Formulare ausfüllen und die Gebühren entrichten — für jede fünf Pfund, Sie können Ihnen zugeschickt werden.«

»Welche Angaben enthalten sie?«

»Eine ganze Menge. Geburtsdatum und -ort. Mädchenname der Mutter. Name und Beruf des Vaters. Adresse.«

Judith ging wie in Trance nach Hause. An einem Zeitungsstand sah sie die reißerischen Schlagzeilen über den Sprengstoffanschlag am Trafalgar Square. Die Titelseite war vollgepflastert mit Fotos von blutüberströmten Kindern. Angewidert von dem Anblick kaufte Judith die Zeitung und las sie, sobald sie zu Hause war. Wenigstens keine lebensgefährlichen Verletzungen, dachte sie. Das Blatt berichtete ausführlich über die stürmische Parlamentssitzung. Der Innenminister, Sir Stephen Hallett, hatte eine dramatische Rede gehalten: »Ich trete seit langem für die zwingende Notwendigkeit ein, für Terroristen die Todesstrafe wiedereinzuführen. Diese verabscheuenswerten Leute haben heute heimlich eine Sprengladung an einen Platz gelegt, von dem sie wußten, daß Schulkinder ihn aufsuchen würden. Wäre eines dieser Kinder getötet worden, müßten dann die Terroristen jetzt nicht um ihren Hals bangen? Teilt die Labour Party diese Ansicht, oder sollen wir diese Möchtegernmörder weiterhin mit Samthandschuhen anfassen?«

In einem anderen Artikel stand, daß es sich bei dem Sprengstoff um Gelatinedynamit gehandelt habe und daß eine großangelegte Untersuchung eingeleitet worden sei, um festzustellen, woher sich die Täter den Sprengstoff verschafft hatten.

Judith legte die Zeitung beiseite und sah auf die Uhr. Kurz vor sechs. Sie wußte, daß Stephen anrufen würde und es entschieden besser wäre, wenn sie ihm diesmal mitteilen könnte, sie habe sich mit Fiona in Verbindung gesetzt.

Fiona war viel zu interessiert an den Tagesereignissen, um sich über Judiths Versäumnis zu ärgern. »Ist das nicht grauenvoll, meine Liebe? Das Parlament ist total in Aufruhr. Die Todesstrafe wird garantiert ein Wahlkampfthema. Kann dem lieben Stephen nur nützen. Die Leute sind einfach schockiert. Armer alter König Karl. Ich nehme an, sie wollten sein Standbild komplett zertrümmern. Das wäre wirklich jammerschade gewesen. Die hinreißendste Reiterstatue im ganzen Land. Da gibt's andere, die von mir aus ruhig verschrottet werden könnten. Manche sehen mehr wie Droschkengäule aus und nicht wie königliche Reitpferde. Nun ja.«

Eine Viertelstunde später rief Stephen an. »Es wird heute abend sehr spät, Darling. Ich habe eine Besprechung mit dem Leiter von Scotland Yard und einigen seiner Leute.«

»Fiona hat mir von dem Aufruhr im Parlament erzählt. Haben irgendwelche Terroristen die Verantwortung für den Anschlag übernommen?«

»Bisher nicht. Deshalb habe ich ja die Besprechung mit Scotland Yard. Als Innenminister fallen Terroranschläge unter meine Zuständigkeit. Ich hatte gehofft, wenn wir als zivilisierter Staat die Todesstrafe abschaffen, wäre das endgültig, aber der heutige Tag hat zweifellos bewiesen, daß sie unerläßlich ist. Ich halte sie für ein Abschreckungsmittel.«

»Vermutlich werden dir viele zustimmen, doch ich kann es leider nicht. Der Gedanke an Hinrichtung läßt mir das Blut in den Adern gefrieren.«

»Vor zehn Jahren war ich genau der gleichen Meinung«, entgegnete Stephen ruhig. »Jetzt nicht mehr. Nicht wenn das Leben so vieler Unschuldiger ständig in Gefahr ist. Ich muß gehen, Darling. Ich will versuchen, daß es nicht zu spät wird.«

»Du kannst jederzeit kommen, ich warte.«

Reza Patel und Rebecca Wadley wollten gerade essen gehen, als das Telefon im Sprechzimmer klingelte. Rebecca nahm ab. »Miss Chase, wie schön, Ihre Stimme zu hören. Wie geht es Ihnen? Der Doktor sitzt neben mir.«

Patel drückte automatisch auf die Knöpfe für die Konferenzschaltung und die Bandaufzeichnung. Gemeinsam mit Rebecca hörte er Judith zu, als sie von ihrer Entdeckung berichtete. »Ich brannte darauf, das loszuwerden«, sagte sie glücklich, »und dabei wurde mir klar, daß Sie und Rebecca die einzigen sind, die über mich Bescheid wissen und verstehen können, was da geschehen ist. Sie haben ein Wunder vollbracht, Doktor. Sarah Courtney Parrish. Ein sehr hübscher Name, finden Sie nicht? Mit den Geburtsurkunden bekomme ich auch eine Adresse. Ist es nicht unglaublich, daß Polly meine Zwillingsschwester war?«

»Sie entwickeln sich zu einem hervorragenden Detektiv«, bemerkte Patel in bemüht heiterem Ton.

»Recherchen«, lachte Judith. »Mit der Zeit lernt man, Spuren zu verfolgen. Aber ich muß die Sache jetzt ein paar Tage aufschieben. Morgen muß ich unbedingt an der Schreibmaschine bleiben, und dann möchte ich mir eine Ausstellung in der National Portrait Gallery anschauen, mit einer Menge Bildern vom Hof Karls I. Dürfte interessant sein.«

»Um welche Zeit werden Sie dort sein?« fragte Patel schnell. »Ich habe nämlich auch vor, sie zu besichtigen. Vielleicht könnten wir eine Tasse Tee miteinander trinken.«

»Sehr gern. Paßt es Ihnen 15 Uhr?«

Als er den Hörer auflegte, sprudelte Rebecca heraus:

»Was hat es für einen Sinn, sich mit ihr in der Galerie zu treffen?«

»Ich habe keinen Grund, sie noch einmal herzubitten, und möchte sehen, ob ich bei ihr irgendeinen Hinweis auf eine Persönlichkeitsveränderung entdecke.«

Judith zog einen pfirsichfarbenen seidenen Hausanzug und passende Slipper an, löste den Nackenknoten, bürstete sich das Haar, damit es locker auf die Schultern fiel, legte frisches Make-up auf und besprühte die Handgelenke mit Joy Eau de Cologne. Sie machte sich einen Salat und Rührei, kochte eine Kanne Tee und stellte alles auf das unvermeidliche Tablett. Sie aß geistesabwesend, während sie das Exposé für das nächste Kapitel skizzierte. Um 21 Uhr stellte sie eine Käseplatte, Crackers und Kognakschwenker bereit und setzte sich dann wieder an den Schreibtisch.

Stephen erschien um 23 Uhr 15. Sein Gesicht war ganz grau vor Müdigkeit. Schweigend schloß er sie in die Arme. »Mein Gott, tut das gut, hier zu sein.«

Judith massierte ihm die Schultern, während sie ihn küßte. Dann gingen sie eng umschlungen zu der mit kastanienbraunem Damast völlig überpolsterten Couch, die Lady Beatrice Ardsley offensichtlich hoch in Ehren hielt. Eine alte Decke war schützend darüber gebreitet und überall festgestopft, um das Prachtstück zu schonen. Judith schenkte Kognak ein und reichte Stephen sein Glas. »Ich finde, ich sollte diese uralte Decke wirklich zu Ehren des künftigen Premierministers herunternehmen und darauf bauen, daß du nicht die Beine hochlegst und Lady Ardsleys kostbares Möbel entweihst.«

Sie wurde mit dem Anflug eines Lächelns belohnt. »Vorsicht. Wenn ich die Augen zumache, verbringe ich garantiert die Nacht zusammengerollt auf dem guten Stück. Der Tag hatte es wirklich in sich, Judith.«

»Wie ist die Besprechung mit Scotland Yard gelaufen?«

»Zufriedenstellend. Zum Glück hat ein japanischer Tourist seine Videokamera laufen lassen, und wir kriegen den Film. Außerdem haben viele dort geknipst. Über die Medien ist die Aufforderung ergangen, sämtliche Bilder einzureichen. Es wird eine beträchtliche Belohnung ausgesetzt, falls eines davon zur Verhaftung und Verurteilung des Täters verhilft. Es gibt nämlich einen glücklichen Umstand: Die Sprengladung muß ein bis zwei Minuten, nachdem sie versteckt wurde, zu qualmen angefangen haben. Es könnte immerhin möglich sein, daß wir einen Schnappschuß von demjenigen bekommen, der sie gerade am Denkmalsockel deponiert.«

»Hoffentlich. Die Fotos von den blutüberströmten Kindern waren herzzerreißend.« Um ein Haar hätte Judith gesagt, daß sie sich dadurch an ihre Halluzinationen von dem Kind, das in einen Luftangriff geraten war, erinnert fühlte, hielt aber den Mund. Es fiel schwer, dem Mann, den sie so sehr liebte, zu verschweigen, daß sie glaubte, ihre wahre Identität herausgefunden zu haben.

Es gab ein sicheres Mittel, ihr Geheimnis zu wahren. Sie rückte dicht an ihn heran und umarmte ihn.

Deputy Assistant Commissioner Philip Barnes war Leiter der Anti-Terror-Abteilung von Scotland Yard. Ein schmächtiger, leise sprechender Endvierziger mit gelichtetem braunen Haar und haselnußbraunen Augen, glich er mehr einem Landpfarrer als einem höheren Polizeibeamten. Seine Leute hatten rasch mitbekommen, daß die sanfte Stimme schneidend scharf werden konnte, wenn sie wegen eines geringfügigen Vergehens oder eines haarsträubenden Fehlers heruntergeputzt wurden. Trotzdem empfanden sie nahezu ehrfürchtigen Respekt vor Barnes, und manche besaßen sogar den Mut, ihn aufrichtig zu mögen.

An diesem Morgen war Commissioner Barnes einesteils aufgebracht, andernteils zufrieden. Aufgebracht darüber, daß die Terroristen sich ausgerechnet ein so sinnloses Objekt wie das Reiterstandbild ausgesucht und obendrein einen Tag gewählt hatten, an dem es dort von Schulkindern und Touristen wimmelte; zufrieden, weil niemand getötet oder verstümmelt wurde. Außerdem war er auch frustriert. »Für die Libyer oder Iraner bringt es doch nichts, wenn sie sich auf die Statue stürzen«, meinte er. »Wenn die IRA ein Denkmal in die Luft jagen wollte, hätte sie sich Cromwell vorgeknöpft. Der war es doch, der ihr Land kujoniert hat, nicht der arme, alte Karl.«

Seine Leute schwiegen — sie wußten, daß er keine Antwort erwartete.

»Wie viele Fotos sind eingegangen?« erkundigte er sich.

»Dutzende«, erwiderte Commander Jack Sloane, sein ranghöchster Assistent. Sloane war ein ziemlich farbloser Typ: lang und dünn, rotblond, hellblaue Augen, wetterfeste Haut des aktiven Sportlers. Bruder eines Baronet und eng befreundet mit Stephen. Bindon Manor, der Landsitz seiner Familie, lag zehn Kilometer von Edge Barton entfernt. »Einige müssen noch entwickelt werden, Sir. Das geschieht gerade. Außerdem haben wir noch das Videoband, Sie können es sich jederzeit ansehen.«

»Wie stehen die Ermittlungen wegen des Sprengstoffs?«

»Vielleicht haben wir da bereits einen Hinweis. Der Aufseher eines Steinbruchs in Wales hat das Gelände nach einem fehlenden Quantum Gelatinedynamit abgesucht.«

»Wann hat er gemerkt, daß es abhanden gekommen ist?«

»Vor vier Tagen.«

Das Telefon läutete. Die Sekretärin von Commissioner Barnes hatte Anweisung, keine Anrufe durchzustellen, mit einer Ausnahme. »Sir Stephen«, sagte Barnes, bevor er den Hörer abnahm.

Rasch informierte er Stephen über das fehlende Gelatinedynamit, die von Touristen aufgenommenen Fotos, das Videoband. »Wir wollen es uns jetzt ansehen, Sir. Ich berichte Ihnen, wenn sich irgendwelche Anhaltspunkte ergeben sollten.«

Fünf Minuten später ließen sie sich in dem verdunkelten Raum das Band vorführen. Sie hatten das übliche unzulängliche Produkt eines Amateurfotografen erwartet und waren angenehm überrascht, einen klaren, scharf eingestellten Ausschnitt zu sehen. Das Panorama von Trafalgar Square. Die bereits niedergelegten Kränze und Blumensträuße.

»Stop«, befahl Sloane.

Der routinierte Vorführer hielt den Film sofort an.

»Gehen Sie ein oder zwei Bilder zurück.«

»Was sehen Sie denn?« erkundigte sich Commissioner Barnes.

»Die Rauchfahne. Als dieses Bild aufgenommen wurde, war die Sprengladung bereits da.«

»Verdammter Mist, daß die Kamera die Person und den Tathergang nicht mehr erwischt hat!« schimpfte Barnes. »Na schön. Weitermachen.«

Die Schulkinder. Die Touristen. Die beiden Schüler, die den Kranz tragen. Die anfänglichen Hemmungen beim Rezitieren des Gedichtes. Der Polizist, der zum Denkmal rast, die Kinder zurückdrängt.

»Der Polizist sollte für das Georgskreuz vorgeschlagen werden«, murmelte Barnes.

Die sich zerstreuende Menge. Die Detonationen. Die Kameraschwenks.

»Anhalten.«

Wiederum stoppte der Vorführer die Kamera und ließ den Film zurücklaufen.

»Die Frau mit dem Cape und der dunklen Brille. Sie hat gemerkt, daß sie gefilmt wurde. Sehen Sie sich an, wie sie die Kapuze tiefer ins Gesicht zieht. Alle übrigen Erwachsenen stürzen los, um den Kindern zu helfen. Sie dreht sich um und geht weg.« Sloane wandte sich an einen Assistenten. »Lassen Sie sämtliche Bilder von ihr herauskopieren und vergrößern. Vielleicht können wir sie identifizieren. Immerhin möglich, daß uns das weiterbringt.«

Jemand knipste das Licht an. »Und noch etwas«, fuhr Sloane fort. »Achten Sie besonders darauf, ob sich unter den Schnappschüssen der Touristen welche von der Frau im Cape finden.«

***

Als Judith sich am Nachmittag für den Besuch in der National Portrait Gallery umzog, entschied sie sich widerstrebend für ein hellgraues Kostüm, hohe Absätze und den Zobelmantel. In den paar Tagen seit Stephens Wahl zum Parteivorsitzenden hatten verschiedene Zeitungen Kurzbiographien gebracht und ihn übereinstimmend als den begehrtesten und attraktivsten reiferen Junggesellen Englands bezeichnet. In einem Blatt hieß es, seit Edward Heath habe es keinen unverheirateten Premierminister mehr gegeben, und Sir Stephen werde, unbestätigten Gerüchten zufolge, wohl bald eine Verbindung eingehen, die der englischen Bevölkerung zusagen dürfte.

Diese Formulierung stammte von dem Klatschkolumnisten Harley Hutchinson. Also sollte ich lieber nicht wie ein Hippie aus Greenwich Village aussehen, wenn ich mich in der Öffentlichkeit zeige, dachte Judith seufzend, bürstete sich sorgfältig das Haar, legte Lidschatten auf, tuschte die Wimpern. Dann steckte sie sich eine silberne Rose ans Revers und musterte ihr Spiegelbild.

Vor zwanzig Jahren hatte sie sich mit Kenneth im traditionellen weißen Brautkleid mit Schleier trauen lassen. Was würde sie bei der Hochzeit mit Stephen tragen? Ein schlichtes Nachmittagskleid, beschloß sie. Die Feier im kleinsten Freundeskreis. Damals waren es bei dem Empfang im Chevy Chase Country Club fast dreihundert Gäste gewesen. Daß einem das zweimal im Leben beschieden ist, dachte sie. Kein Mensch verdient so viel Glück.

Sie packte ihre Brieftasche und die Schminkutensilien in die zu den Pumps passende graue Wildledertasche und kramte eine kleinere Version ihrer überdimensionalen

Schultertasche hervor. In Gala oder nicht, meine Notizbücher brauche ich, dachte sie kleinlaut.

Die National Portrait Gallery war am St. Martin's Place Ecke Orange Street. In der Sonderausstellung wurden höfische Szenen von den Tudors bis zu den Stuarts gezeigt. Es handelte sich um private Leihgaben aus ganz Großbritannien und dem Commonwealth; die Namen der auf den Bildern dargestellten Randfiguren waren, soweit bekannt, auf gerahmten Tafeln angegeben. Bei Judiths Ankunft war die Galerie noch stark frequentiert, und sie beobachtete amüsiert, wie die Leute die gedruckten Namenslisten studierten, offensichtlich in der Hoffnung, einen längst vergessenen Vorfahren zu entdecken.

Sie interessierte sich besonders für die Bilder, auf denen Karl I., Cromwell und Karl II. dargestellt waren, und ging dabei nicht chronologisch, sondern in umgekehrter Richtung vor. So hatte sie Gelegenheit, die festliche Gewandung von Karl II. nach seiner Rückkehr aus dem Exil mit den puritanisch streng und schmucklos gekleideten Vertrauten Cromwells zu vergleichen. Die Gemälde mit Karl I. und seiner Gemahlin Henrietta Maria faszinierten sie ungemein. Sie wußte, daß Königin Henrietta für prunkvolle Schauspiele schwärmte und sich von dem strengen Tadel der Puritaner überhaupt nicht beirren ließ. Besonders ein Bild erregte ihre Aufmerksamkeit: Es zeigte das Königspaar als Hauptfiguren in der Szenerie von Whitehall Palace. Der Hofstaat war offensichtlich für eine Aufführung kostümiert. Hirtenstäbe, Engelsflügel, Heiligenscheine und Gladiatorenschwerter in Hülle und Fülle.

»Guten Tag, Miss Chase.«

Judith, völlig in die Betrachtung des Gemäldes versunken, fuhr zusammen, drehte sich um und sah Dr. Patel. Auf seinen ebenmäßigen Zügen lag ein Lächeln, doch sein ernster Blick entging ihr nicht.

Sie strich ihm leicht über den Arm. »Sie wirken elegisch, Doktor.«

Er verbeugte sich flüchtig. »Und ich dachte gerade, daß Sie wunderschön aussehen.« Und mit gesenkter Stimme: »Ich muß mich wiederholen — Sir Stephen kann sich wirklich glücklich schätzen.«

Judith schüttelte den Kopf. »Bitte nicht hier. Soweit ich sehe, wimmelt es hier von Pressevertretern.« Sie wandte sich dem Bild zu. »Ist es nicht faszinierend?« fragte sie. »Wenn man bedenkt, daß es 1640 gemalt wurde, unmittelbar vor der Auflösung des ›Kurzen Parlaments‹ durch den König.«

Reza Patel betrachtete das Gemälde. Unten auf der Plakette stand: »*Unbekannter Künstler. Gemalt schätzungsweise zwischen 1635 und 1640.*«

Judith deutete auf ein stattliches Paar, das neben dem sitzenden König stand. »Die beiden waren ganz außer sich an jenem Tag. Sie wußten, was passieren würde, wenn der König das Parlament auflöste. Lady Margarets Vorfahren waren von Anfang an Abgeordnete. In ihrer Familie gab es damals schreckliche Auseinandersetzungen in bezug auf Loyalität.«

Patel studierte den Begleittext. Namentlich genannt waren König und Königin, ihr ältester Sohn Karl, Herzog von York, und ein halbes Dutzend Mitglieder der königlichen Familie, die übrigen dargestellten Personen jedoch nicht. »Ihre Recherchen müssen ja hervorragende

Resultate gebracht haben«, meinte er. »Sie hätten sie den Historikern hier zur Verfügung stellen sollen.«

Lady Margaret erkannte ihren Fehler — sie hätte Reza Patel nicht von sich und John erzählen dürfen. Abrupt kehrte sie ihm den Rücken und eilte hinaus.

An der Tür holte er sie ein. »Miss Chase, Judith. Was ist los?«

Sie starrte ihn unverwandt an. Hochmütig entgegnete sie: »Judith ist jetzt nicht da.«

»Wer sind Sie?« drängte er. Alarmiert entdeckte er die grellrote Narbe an ihrer rechten Hand.

Sie deutete auf das Bild. »Das sagte ich Ihnen bereits. Ich bin Lady Margaret Carew.«

Sie ließ ihn stehen und stürmte nach draußen.

Perplex kehrte Patel zu dem Gemälde zurück und studierte die von Judith als Lady Margaret Carew bezeichnete Figur. Er stellte fest, daß zwischen den beiden eine verblüffende Ähnlichkeit bestand.

Zutiefst besorgt verließ er die Galerie, ohne auch nur wahrzunehmen, daß ihn viele der angeregt plaudernden Besucher grüßten. Wenigstens weiß ich, wer diese zweite Persönlichkeit in Judith ist, sagte er sich. Nun mußte er in Erfahrung bringen, was Margaret Carew zugestoßen war, und versuchen, ihren nächsten Schritt einzukalkulieren.

Ein scharfer Wind war aufgekommen. Als er auf den St. Martin's Place einbog, hielt ihn jemand fest. »Dr. Patel«, lachte Judith. »Es tut mir furchtbar leid. Ich war so auf die Bilder fixiert, daß mir unsere Verabredung zum Tee erst auf dem Heimweg einfiel. Entschuldigen Sie bitte.«

Ihre rechte Hand. Die Narbe verblaßte zusehends, bis die Konturen kaum noch zu erkennen waren.

Am nächsten Tag, dem 1. Februar, regnete es in Strömen. Judith beschloß, zu Hause zu bleiben und zu arbeiten. Stephen teilte ihr telefonisch mit, er werde zu Scotland Yard und dann aufs Land fahren. »*Wählt konservativ, wählt Hallett*«, scherzte er. »Schade, daß ich auf deine Stimme nicht rechnen kann, du Yankee.«

»Du würdest sie kriegen«, beteuerte Judith. »Und vielleicht nützt dir die Geschichte, die ich von meinem Vater habe. Er hat behauptet, in Chicago stünde die Hälfte derjenigen, die längst auf dem Friedhof ihre letzte Ruhestätte gefunden hätten, immer noch in den Wählerlisten.«

»Den Trick mußt du mir beibringen.« Stephen lachte. Dann wurde seine Stimme wieder ernst. »Ich fahre für ein paar Tage nach Edge Barton, Judith. Das Dumme ist, ich werde kaum zu Hause sein, aber möchtest du nicht trotzdem mitkommen? Zu wissen, daß du mich am Abend erwartest, würde mir so viel bedeuten.«

Judith schwankte. Einerseits wollte sie brennend gern wieder nach Edge Barton. Andererseits verschaffte ihr die Tatsache, daß der bevorstehende Wahlkampf Stephen restlos beansprucht, freie Hand, in aller Ruhe ihrer Vergangenheit nachzuforschen. Schließlich sagte sie: »Ich möchte schon, aber für die Arbeit ist es bekömmlicher, wenn ich an meinem gewohnten Schreibtisch sitze. Wir würden uns kaum sehen, da halte ich es für besser, hierzubleiben. Ich habe mir vorgenommen, bis zur Wahl meinem Lektor das fertige Manuskript zu schicken.

Wenn ich das schaffe, werde ich ein neuer Mensch sein, das schwöre ich dir.«

»Sind die Wahlen erst mal gelaufen, ist es auch mit meiner Geduld vorbei, Darling.«

»Hoffentlich nicht. Leb wohl, Stephen. Ich liebe dich.«

Die Vergrößerungen der eingesandten Schnappschüsse waren in einem eigenen Raum in Scotland Yard ausgestellt. Auf mehreren war die Frau mit der dunklen Brille und dem Cape zu sehen, freilich nur im Profil, mehr oder minder konturiert. Ihr Gesicht wurde von der Kapuze fast ganz verdeckt, schone ehe sie die Videokamera bemerkte und sie tiefer hinunterzog. Sämtliche Fotos mit ihr hatte man vergrößert und ihr Bild herauskopiert.

»Etwa 1,70 m«, bemerkte Commander Sloane. »Sehr schlank, oder? Zwischen 50 und 60 kg, mehr nicht. Dunkles Haar und ein finsterer Zug um den Mund. Hilft nicht viel weiter, stimmt's?«

Inspector David Lynch nahte mit flottem Schritt. »Ich glaube, hier haben wir etwas Brauchbares, Sir. Weitere Aufnahmen, eben reingekommen. Würden Sie sich die mal anschauen?«

Die neuen Bilder zeigten die Frau im Cape, wie sie am Denkmalssockel von Karl I. einen Kranz niederlegte. Die Kamera hatte eine Ecke des braunen Päckchens unter dem Kranz mitfotografiert.

»Bravo!« lobte Sloane.

»Das ist längst noch nicht alles«, erklärte Lynch. »Wir haben uns auf sämtlichen Baustellen in der Umgebung umgehört. Ein Polier gab uns den Wink, daß eine sehr attraktive Frau im dunklen Cape mit einem von seinen Leuten geflirtet und daß dieser Rob Watkins damit ange-

geben hat, sie würde zu ihm auf die Bude kommen.«
Lynch legte genüßlich eine Kunstpause ein. »Wir haben eben seine Wirtin befragt. Ist noch keine zehn Tage her, da hatte er Damenbesuch. Sie erschien an zwei Abenden hintereinander gegen 18 Uhr und blieb etwa zwei Stunden bei ihm. Dunkles Haar, dunkle Brille, Ende Dreißig oder Anfang Vierzig, und sie trug ein dunkelgrünes Cape mit Kapuze, ein sehr teures, wie die Wirtin erzählt. Dazu ebenfalls sehr teure Lederstiefel, eine riesige Umhängetasche. Mit den Worten der Vermieterin hielt sie sich wohl für die Königin persönlich, sehr von oben herab.«

»Wir sollten lieber gleich mal mit Mr. Rob Watkins plaudern«, meinte Sloane. Und zu einem Assistenten gewandt: »Nehmen Sie alle Vergrößerungen von der Lady im Cape runter. Mal sehen, ob der Knabe sie ohne diese Hilfestellung in der Menge erkennt.«

»Noch ein interessanter Hinweis«, ergänzte Lynch. »Die Wirtin sagt, die Frau war zweifellos Engländerin, hatte aber irgendwas Komisches an sich — der Akzent oder die ganze Art oder die Sprechweise.«

»Was soll das heißen?« fuhr Sloane ihn an.

»Soweit ich's verstanden habe, war's der *Tonfall*, der seltsam wirkte. Die Wirtin sagt, es hörte sich so an wie in den alten Filmen, in denen die Leute Wörter gebrauchen wie ›wahrlich‹.«

Sloanes Gesichtsausdruck quittierte er mit einem Kopfschütteln. »Bedaure, Sir. Ich kapier's auch nicht.«

***

Am 10. Februar erfolgte die langerwartete Ankündigung der Premierministerin. Sie werde sich zur Königin begeben und sie um Auflösung des Parlaments ersuchen. Eine Wiederwahl strebe sie nicht an.

Am 12. Februar wurde Stephen zum Parteivorsitzenden der Konservativen gewählt. Am 16. Februar löste die Königin das Parlament auf, und der Wahlkampf begann.

Wenn sie ihn sehen wolle, schalte sie ihren Fernseher ein, witzelte Judith. Für gewöhnlich trafen sie sich in seiner Wohnung, sofern es sich einrichten ließ. Sein Wagen holte sie dann ab, und Rory fuhr zum Hintereingang des Hauses. Auf diese Weise konnten sie dem Ansturm der allgegenwärtigen Medienvertreter entgehen.

Dennoch empfand Judith es als glückliche Fügung, daß Stephen im Wahlkampf unterwegs war, während sie ihr Buch vollendete. Ungeduldig wartete sie auf das Eintreffen der Geburtsurkunden, ihre Stimmung schwankte zwischen Hoffnung und Angst. Wenn sie nun eine Sarah Parrish nur als Kind gekannt hatte? Was dann?

Sie wußte, als Ehefrau des britischen Premierministers würde man sie immer und überall erkennen. Dann wären ihr private Unternehmungen wie diese nicht mehr möglich.

Stephen rief sie regelmäßig frühmorgens und nochmals am späten Abend an, oft ganz heiser von den vielen Wahlreden. Sie spürte, wie erschöpft er war. »Es wird wesentlich knapper, als wir annahmen, Darling«, erklärte er. »Labour kämpft hart, und die Konservativen sind über ein Jahrzehnt an der Regierung, so daß viele gegen sie und damit für einen Wechsel stimmen werden.« Das klang so sorgenvoll, daß Judith ihm seinen Egoismus, ihr bei den Nachforschungen nach ihrer Herkunft jede Hilfe zu verweigern, völlig verzieh. Sollte er die Wahl verlieren, wäre seine Enttäuschung nur vergleichbar mit dem Schmerz, den sie empfinden würde, wenn sie plötzlich feststellen müßte, daß sie nicht mehr schreiben konnte, daß ihr diese Gabe abhanden gekommen war ...

Es drängte Judith, das Buch zu vollenden und ihre Nachforschungen fortzusetzen, deshalb stellte sie den Wecker immer weiter vor. Sie stand jetzt um vier Uhr früh auf, arbeitete bis mittags, machte sich ein Sandwich und eine Kanne Tee und schrieb weiter bis 23 Uhr.

Alle paar Tage lief sie durch Kensington, in der Meinung, bei entsprechender Konzentration könnte ihr eines der alten Wohnhäuser vielleicht plötzlich bekannt vorkommen. Jetzt wünschte sie die Halluzination herbei, das kleine Mädchen, das vor ihr herrannte, zu dem Eingang, der zu ihrer einstigen Wohnung führte. Hatte sie in diesen Halluzinationen sich selbst gesehen oder Polly? Darauf fiel ihr blitzartig ein: *Ich bin immer Polly gefolgt. Sie konnte schneller laufen* ... Das Fenster zur Vergangenheit öffnete sich ein klein wenig weiter ... Warum dauerte es mit den Geburtsurkunden so lange?

Gesellschaftlich war derzeit in London nicht viel los. Fiona kämpfte verbissen um ihren Sitz im Parlament. Die Einladungen zu Partys und Dinners, die Judith bekam, konnte sie unbedenklich absagen. Sie achtete peinlich genau auf die Zeit und war ganz sicher, daß keine Gedächtnisstörungen mehr auftraten. Dr. Patel rief regelmäßig an, und sie registrierte amüsiert seinen besorgten Tonfall zu Anfang jedes Gesprächs, als ob er Schreckensmeldungen über geistige Entgleisungen erwarte.

Am 28. Februar hatte sie die erste Manuskriptfassung fertig und stellte beim Durchlesen fest, daß sie das Ganze nur geringfügig überarbeiten mußte und dann an den Verlag schicken konnte. An jenem Abend kam Stephen von einer Wahlkampfreise aus Schottland zurück.

Sie hatten sich fast zehn Tage nicht gesehen. Als sie ihm die Tür öffnete, blickten sie sich lange nur in die Augen. Stephen hielt sie umschlungen, seufzte tief auf, küßte sie. Judith spürte die Wärme und Kraft seiner Arme, den Schlag seines Herzens, als er sie an sich zog. Ihre Lippen trafen sich, und wieder einmal wurde ihr bewußt, daß sie bei aller aufrichtigen Liebe zu Kenneth erst in der Beziehung zu Stephen volle Erfüllung fand.

Beim Drink nahmen sie sich gegenseitig genauer in Augenschein und gelangten zu übereinstimmenden Ergebnissen. »Du bist viel zu dünn, Darling«, konstatierte Stephen. »Wieviel hast du abgenommen?«

»Das kontrolliere ich nicht. Keine Sorge, das hole ich alles wieder auf, wenn das Buch ankommt. Und nebenbei bemerkt, Sir Stephen, du bist auch ein paar Pfund losgeworden.«

»Die Amerikaner denken, nur bei ihnen sind die Hühnchen zäh wie Kaugummi. Großer Irrtum. A propos, ich rufe jetzt lieber zu Hause an und sage Bescheid, daß wir zum Essen kommen.«

»Nicht nötig. Ich habe alles parat. Sehr einfach. Koteletts, Salat und eine herrlich große gebackene Kartoffel für die Kohlenhydratzufuhr. Genügt das?«

»Und kein einziger Wähler, der mir Glück wünscht oder mich wegen Steuern löchert.«

Sie arbeiteten gemeinsam in der winzigen Küche, Judith machte den Salat an, Stephen behauptete, niemand könne Koteletts so perfekt grillen wie er. Die Hemdsärmel aufgekrempelt, eine Küchenschürze umgebunden, lebte er sichtbar auf. »In meiner Kindheit hat meine Mutter dem Personal sonntags freigegeben, außer wenn wir Wochenendbesuch hatten. Sie fand es herrlich, für meinen Vater und mich zu kochen. Ich habe mich immer nach diesen wunderbaren Tagen zurückgesehnt, an denen wir ganz unter uns waren. Bei unserer Hochzeit schlug ich Jane vor, diese Tradition fortzusetzen.«

»Und was hat Jane dazu gesagt?« erkundigte sich Judith ahnungsvoll.

Stephen lachte in sich hinein. »Sie war entsetzt.« Er schaute wieder nach den Koteletts. »Noch ungefähr drei Minuten, denke ich.«

»Der Salat kann aufgetragen werden. Kartoffeln und Brötchen stehen schon auf dem Tisch.« Judith wusch sich die Hände, trocknete sie ab und umfaßte Stephens Wangen. »Möchtest du die alte Tradition wiederaufnehmen? Wenn ich nicht an der Schreibmaschine frone, bin ich eine verdammt gute Köchin.«

Als sie sich vier Minuten später immer noch in den Armen lagen, schnupperte Stephen und rief erschrocken: »Großer Gott, die Koteletts!«

Die Fahndung nach der Frau, die am Denkmalssockel die Bombe deponiert hatte, war in eine Sackgasse geraten. Rob Watkins, der junge Bauarbeiter, war unerbittlich verhört worden, ohne Erfolg. Zwar konnte er die Frau im dunklen Cape auf den Fotos sehr schnell als diejenige identifizieren, der er das Gelatinedynamit gegeben hatte, beharrte aber unerschütterlich auf seiner Darstellung, Margaret Carew habe ihm gesagt, sie brauche es zur Sprengung eines alten Gemäuers auf ihrem Grundstück in Devonshire. Watkins wurde auf Herz und Nieren überprüft. Scotland Yard kam zu dem Schluß, daß er haargenau das war, was er zu sein schien: ein Arbeiter, der sich als Weiberheld aufspielte, an Politik völlig uninteressiert war und dessen Bruder sich aus einem Steinbruch alles verschaffen konnte, was er brauchte. Für den neu eingebauten Kamin im Einfamilienhaus seiner Eltern in Wales waren Marmorplatten verwendet worden, die eindeutig vom letzten Arbeitsplatz des Bruders stammten.

Zögernd pflichtete Deputy Assistant Commissioner Philip Barnes seinem Mitarbeiter, Commander Jack Sloane, bei, daß Watkins von der dunkelhaarigen Frau als Werkzeug benutzt worden war. Seine wiederholte Beteuerung, die Frau, die sich Margaret Carew nannte, habe an der rechten Daumenwurzel eine grellrote Narbe gehabt, war der einzige Hinweis, an den sie etwas Hoffnung knüpfen konnten.

Diese Information gelangte nicht in die Medien. Watkins wurde wegen Entgegennahme und Weitergabe von Diebesgut angeklagt und in Untersuchungshaft behalten, weil er die Kaution nicht stellen konnte. Ob man ihn der Beihilfe zu einem Terroranschlag anklagen würde, hing von seiner künftigen Kooperationsbereitschaft ab.

Jeder Polizist in England erhielt eine Vergrößerung des Fotos von der Frau mit Cape und dunkler Brille und den zusätzlichen Hinweis, es handle sich um eine dunkelhaarige Vierzigerin mit einer Narbe an der Hand.

Je näher der Wahltermin rückte, desto geringer wurde das Interesse der Öffentlichkeit an dem Sprengstoffanschlag auf das Denkmal. Schließlich war dabei niemand schwer verletzt worden. Keine Gruppe hatte die Verantwortung übernommen. In den Fernsehprogrammen kam schwarzer Humor auf. »Armer alter Karl. Als ob es nicht genügt, ihm den Kopf abzuschlagen, will man ihn dreihundert Jahre später auch noch in die Luft jagen. Jetzt braucht er eine Galgenfrist.«

Am 5. März gab es im Tower in dem Raum, in dem die Kronjuwelen ausgestellt waren, eine Explosion. Dabei wurden 43 Personen verletzt, sechs schwer, und ein Aufseher und ein amerikanischer Tourist in vorgerücktem Alter getötet.

Am Morgen des 5. März stellte Judith fest, daß sie mit ihrer Beschreibung vom Tower unzufrieden war. Ihrer Meinung nach war es ihr nicht gelungen, jene Atmosphäre zu vermitteln, in der die Königsmörder und ihre Komplizen hier dem Ende entgegengebangt hatten. Sie wußte, daß ein Besuch des geschilderten Schauplatzes ihr häufig half, die jeweilige Stimmung zu veranschaulichen.

Draußen war es frisch und windig. Sie knöpfte den Burberry zu, band sich einen Seidenschal um, suchte Handschuhe heraus und entschied sich gegen die Umhängetasche. Sie hatte sie so viele Stunden mit sich geschleppt, daß sie nun Schmerzen in der Schulter bekam. Also steckte sie nur Geld und ein Taschentuch ein. Sie hatte nicht vor, sich Notizen zu machen, sondern wollte lediglich im Tower herumwandern.

Wie üblich wimmelte es in den Höfen und Räumen

von Touristen. Fremdenführer erläuterten in vielen Sprachen die Geschichte des imposanten Bauwerks. »Als Wilhelm der Eroberer 1066 zum König von England gekrönt wurde, begann er sofort, London gegen Angriffe zu befestigen. Ursprünglich wurde der Tower als Fort geplant und gebaut, aber später mehrfach erweitert.«

Obwohl ihr das alles bestens bekannt war, folgte Judith der Gruppe auf ihrem Rundgang. Die Räumlichkeiten, in denen Sir Walter Raleigh dreizehn Jahre gefangengehalten wurde, erregten allgemeines Interesse. »Viel größer als mein Studio«, kommentierte eine junge Frau.

Eine weit bessere Unterbringung, als sie die meisten armen Teufel hatten, dachte Judith. Sie zitterte vor Kälte, wurde von Angst und Panik ergriffen und lehnte sich an die Wand. Sieh zu, daß du hier rauskommst, sagte sie sich. Mach dich nicht lächerlich, dachte sie gleich darauf, genau das will ich ja in dem Buch verdeutlichen.

Die Hände in den Manteltaschen zu Fäusten geballt, ging sie mit der Gruppe weiter in den Wakefield-Tower, wo die Kronjuwelen ausgestellt waren. »Seit den Tudors wurden in diesem Turm adlige Gefangene untergebracht«, erklärte der Fremdenführer. »Während der Cromwell-Ära ließ das Parlament den Krönungsschmuck einschmelzen und die Steine verkaufen. Ein echter Jammer. Nach der Rückkehr von Karl II. suchte man die alten Regalien zusammen und fertigte neuen Schmuck daraus an für seine Krönung im Jahre 1661.«

Judith schlenderte langsam durch den unteren Raum, blieb vor den Exponaten stehen, um sie zu betrachten: der Salblöffel; das Reichsschwert; die Sankt-Eduards-Krone; das Gefäß für das heilige Öl, mit dem der König gesalbt wurde, die »Eagle Ampulla«; das Zepter mit dem »Stern von Afrika«, dem größten geschliffenen Diamanten der Welt ...

Das Zepter und der Krug wurden für seine Krönung angefertigt, dachte Margaret. John und ich haben von dem Prachtaufwand gehört. Öl, um die Brust eines Lügners zu salben, ein Zepter, das in einer rachedurstigen Hand ruht, eine Krone, die einem weiteren Despoten aufs Haupt gesetzt wird.

Abrupt eilte Margaret an dem Yeoman Warder vorbei hinaus. Der Raum, in dem man mich gefangenhielt, lag im Wakefield-Tower. Ich könne von Glück sagen, erklärte man mir, daß man mich bis zu meiner Hinrichtung nicht ins Verlies geworfen habe. Der König sei deshalb so gnädig mit mir verfahren, weil ich die Tochter eines Herzogs bin, der ein Freund seines Vaters war. Doch sie ersannen subtile Foltermethoden. O Gott, es war bitterkalt, und sie ergötzten sich damit, mir Johns Tod zu schildern. Er rief im Sterben nach mir und Vincent, sie spießten seinen Kopf auf einen Pfahl, wo ich ihn auf dem Weg zu meiner Richtstatt sehen würde. Hallett hat all dies geplant. Hallett suchte mich auf und verhöhnte mich mit seinen Geschichten vom Leben und Treiben in Edge Barton.

»Fehlt Ihnen etwas, Miß Chase?«

Die besorgte Stimme des Aufsehers folgte Margaret, die blindlings die Wendeltreppe emporstürmte, die gemächlichen Touristen beiseite schob. Im Hof strich sie sich mit der Hand über die Stirn, und stellte fest, daß die Narbe genau so grellrot war wie damals, als sie hier eingesperrt war. Hallett hat meine Hand genommen und die Narbe untersucht, erinnerte sie sich. Ein Jammer, daß eine so wunderschöne

Hand so entstellt sei, meinte er. Sie wandte sich um, blickte auf die alten Waterloo Barracks. Die Krone und all der Zierrat, die für Karl II. angefertigt wurden, sollen niemals Karls III. Haupt und Hände schmücken, gelobte sie.

»Wieder die Lady im dunkelgrünen Umhang.« Deputy Commissioner Barnes verlieh seiner Erbitterung laut Ausdruck. »Jedem Polizisten in London wurde eingeschärft, nach ihr Ausschau zu halten, und sie hat es prompt fertiggekriegt, ausgerechnet im Tower eine Bombe zu plazieren. Was ist denn mit unseren Leuten los?«

»Es waren viele Touristen dort, Sir«, entgegnete Sloane ruhig. »Eine Frau inmitten einer Gruppe fällt nicht ins Auge, und Capes sind dies Jahr sehr beliebt. Ich vermute, die Polizisten waren in den ersten paar Wochen auf Draht, und als dann nichts weiter passierte, haben sie ihr Gedächtnis umprogrammiert und die Frau zurückgestuft . . .«

Es klopfte. Inspector Lynch stürzte herein. Seine beiden Vorgesetzten bemerkten sofort, wie erschüttert er war. »Ich komme gerade aus dem Krankenhaus«, meldete er. »Der zweite Aufseher im Wakefield-Tower wird den Anschlag nicht überleben, ist aber noch so weit bei Bewußtsein, um sprechen zu können. Er wiederholt ununterbrochen einen Namen — Judith Chase.«

»Judith Chase!« riefen Philip Barnes und Jack Sloane gleichermaßen erstaunt wie aus einem Mund.

»Großer Gott«, sagte Barnes. »Wissen Sie denn nicht, wer sie ist, Mann? Die Schriftstellerin. Einsame Spitze.« Er runzelte die Stirn. »Moment mal. Da hab ich doch was gelesen — sie schreibt ein Buch über den Bürgerkrieg, über die Zeit zwischen Karl I. und Karl II. Vielleicht sind wir da auf was gestoßen. Auf dem Rücken ihres letzten Buches ist ein Bild von ihr — wir haben es zu Hause. Jemand soll rasch ein Exemplar besorgen. Wir können dann das Foto mit unseren vergleichen und es Watkins zeigen. *Judith Chase!* In was für einer Welt leben wir eigentlich?«

Jack Sloane zögerte und sagte schließlich: »Es darf kein Mensch erfahren, daß wir Judith Chase überprüfen, Sir, das ist sehr wichtig. Ich besorge das Buch. Und bitte auch kein Wort zu Ihrer Sekretärin, daß wir uns für die Lady interessieren.«

Barnes runzelte die Stirn. »Worauf wollen Sie hinaus?«

»Sie wissen ja, Sir, meine Familie wohnt in Devonshire etwa acht Kilometer von Edge Barton entfernt, dem Landsitz von Sir Stephen Hallett.«

»Na und?«

»Miss Chase war im vergangenen Monat bei Sir Stephen in Edge Barton zu Gast. Es heißt, daß sie unmittelbar nach der Wahl heiraten wollen.«

Philip Barnes trat ans Fenster und blickte hinaus, ein typischer Reflex, den seine Leute bestens kannten. Er analysierte die Situation und wägte ihre Brisanz sorgfältig ab. Als Innenminister war Sir Stephen im Kabinett zuständig für die Justiz. Zum Premier gewählt, würde Sir Stephen einer der mächtigsten Männer der Welt. Fiele jetzt auch nur der leiseste Schatten eines Skandals auf ihn, könnte sich das durchaus auf die Wahlen auswirken.

»Was hat der Aufseher genau gesagt?« erkundigte er sich bei Lynch.

Lynch zog sein Notizbuch heraus. »Ich hab's aufgeschrieben, Sir. ›Judith Chase. Wieder da. Narbe‹.«

Judiths Bild wurde aus dem Schutzumschlag herausgeschnitten und Rob Watkins gezeigt. »Da ist sie!« rief er, dann schwankte er, ließ die konsternierten Beamten warten. »Nein. Sehnse sich bloß mal die Hände an. Keine Narbe. Und dann der Mund, und die Augen. Irgendwie *anders*. Also, da ist schon 'ne Ähnlichkeit. Könnten Schwestern sein, die beiden.« Er warf das Bild beiseite, zuckte mit den Achseln. »Hätte nichts dagegen, mit der da schwofen zu gehen. Könnten Sie das nicht einfädeln?«

Judith stellte den Fernseher für die Spätnachrichten an und hörte die Schreckensmeldung über den Sprengstoffanschlag im Tower. »Ich war heute vormittag dort«, berichtete sie Stephen entsetzt, als er kurz darauf anrief. »Ich wollte bloß etwas von der Atmosphäre mitkriegen. Die armen Menschen, Stephen. Wie kann jemand nur so brutal sein?«

»Das weiß ich auch nicht, Darling. Ich danke Gott, daß du nicht in dem Raum warst, als die Bombe detonierte. Wenn meine Partei gewinnt und ich Premierminister werde, setze ich die Todesstrafe für Terroristen durch, zumindest bei Anschlägen, die Todesopfer fordern.«

»Nach dem heutigen Vorfall wirst du breitere Zustimmung finden, auch wenn ich dir trotzdem nicht beipflichten kann. Wann bist du wieder in London, Darling? Du fehlst mir.«

»Erst in etwa einer Woche, aber wenigstens sind wir beim Countdown, Judith. Noch zehn Tage bis zur Wahl, und dann fängt unser gemeinsames Leben an, so oder so.«

»Du wirst gewinnen, und ich bin schon bei der redaktionellen Feinarbeit. Die Passagen, die ich nachmittags über den Tower geschrieben habe, sind mir wirklich sehr gut gelungen. Ich glaube, ich konnte darin einen lebendigen Eindruck vermitteln, wie einem Gefangenen im Tower zumute war. Ich genieße es, wenn bei der Arbeit alles läuft. Da verliere ich jedes Zeitgefühl und bin völlig versunken.«

Nach dem Gespräch mit Stephen ging Judith ins Schlafzimmer und stellte überrascht fest, daß die Türen des für Lady Ardsleys Garderobe reservierten Kleiderschrankteils einen Spalt breit offenstanden. Vermutlich sind sie von Anfang an nicht richtig zugemacht worden, dachte Judith, drückte sie fest zusammen, bis sie das Schloß klicken hörte. Den billigen Rucksack, der hinter Lady Ardsleys konventionellen Kleidern und Schneiderkostümen halb versteckt lag, bemerkte sie nicht.

Am nächsten Vormittag um zehn ertönte zu Judiths Erstaunen der Summer der Gegensprechanlage in der Diele. Es gehört zu den Vorzügen von London, daß nie jemand hereinschneit, ohne zuvor angerufen zu haben, dachte sie. Widerstrebend stand sie vom Schreibtisch auf und ging hinaus, um sich zu erkundigen. Der Besucher war Jack Sloane, Stephens Freund aus Devonshire, der um ein kurzes Gespräch bat.

Ein attraktiver Mann, dachte sie, während sie ihm beim Kaffeetrinken beobachtete. Ein Mittvierziger. Sehr britisch mit dem blonden Haar und den blauen Augen. Ein bißchen schüchtern, wie so viele wohlerzogene Engländer. Sie hatte ihn mehrmals auf Fionas Partys getroffen und wußte, daß er bei Scotland Yard war. Konnte es sein, daß er sich durch Gerüchte über sie und Stephen veranlaßt sah, sie amtlich zu überprüfen? Sie wartete, überließ ihm die Gesprächsführung.

»Schrecklich, dieser Sprengstoffanschlag gestern im Tower«, sagte er.

»Grauenhaft. Ich war vormittags dort, nur ein paar Stunden, ehe es passierte.«

Jack Sloane beugte sich vor. »Miß Chase, Judith, wenn ich Sie so nennen darf, deshalb bin ich hergekommen. Einer der Aufseher bei den Kronjuwelen hat Sie offenbar erkannt. Hat er Sie angesprochen?«

Judith seufzte. »Ich weiß, das hört sich jetzt idiotisch an. Ich bin in den Tower gegangen, weil in einem Kapitel meines neuen Buches die Atmosphäre nicht ganz stimmig wirkte. Wenn ich mich konzentriere, bin ich leider ziemlich in mich gekehrt. Falls er mich angesprochen hat, habe ich's nicht gehört.«

»Um welche Zeit war das?«

»Gegen 10 Uhr 30, glaube ich.«

»Miß Chase, versuchen Sie uns zu helfen. Sie sind sicher eine scharfe Beobachterin, auch wenn Sie durch Ihr eigenes Vorhaben absorbiert waren, wie Sie sagen. Irgend jemand hat es geschafft, am Nachmittag eine Bombe reinzuschmuggeln. Eine von diesen Plastikvorrichtungen, aber ziemlich schludrig zusammengeschustert, soweit wir beurteilen können. Das Ding kann höchstens ein paar Minuten dagelegen haben, bevor es detonierte. Als der Aufseher den Sack bemerkte und aufhob, kam auch schon der Knall. Haben die Wachen vor der Schatzkammer gut aufgepaßt, als Ihre Handtasche die Sicherheitskontrolle passierte?«

»Ich hatte gestern keine Handtasche dabei, mir nur etwas Geld in die Regenmanteltasche gesteckt.« Judith lächelte. »Die letzten drei Monate habe ich überall in England recherchiert und meine Schulter mit dem Schleppen von Büchern und Kameras etwas überstrapaziert. Gestern sah ich, daß ich nur Geld fürs Taxi und für die Eintrittskarte brauchen würde, deshalb kann ich Ihnen leider nicht weiterhelfen.«

Sloane erhob sich. »Darf ich Ihnen meine Karte dalassen?« fragte er. »Gelegentlich nehmen wir ja etwas wahr und vergraben es im Unterbewußtsein. Wenn wir dann unser Gedächtnis, ähnlich wie einen Computer, auf eine Art Spurensuche programmieren, werden oft erstaunlich nützliche Informationen zutage gefördert. Ich bin sehr froh, daß Sie zur Zeit des Sprengstoffanschlags nicht im Tower waren.«

»Ich habe den ganzen Nachmittag über wieder am Schreibtisch gesessen«, erklärte Judith und deutete auf das Arbeitszimmer.

Sloane bemerkte die neben der Schreibmaschine aufgestapelten Manuskriptseiten. »Sehr beeindruckend. Ich beneide Sie um Ihre Begabung.«

Mit flinken Augen registrierte er den Grundriß der Wohnung, als sie zur Tür gingen. »Nach der Wahl, wenn sich alles wieder normalisiert hat, würde meine Familie sich freuen, Sie kennenzulernen.«

Er weiß Bescheid über Stephen und mich, dachte Judith. Lächelnd streckte sie ihm die Hand hin. »Das wäre reizend.«

Ein rascher Blick nach unten. Jack Sloane entdeckte kaum sichtbare Spuren einer alten Narbe oder auch eines

Muttermals an ihrer rechten Hand, aber nichts, was den von Watkins beschriebenen purpurrot leuchtenden Mondsichel glich. Eine besonders nette Frau, dachte er, als er die Treppe hinunterlief. Als er die Haustür öffnete, kam ihm eine bejahrte Frau entgegen, schwer bepackt mit Einkaufstaschen. Sie keuchte. Der Lift war außer Betrieb, wie Sloane wußte.

»Kann ich Ihnen das tragen?« fragte er.

»O vielen Dank«, japste die Frau. »Ich hab gerade überlegt, ob ich die drei Treppen schaffe, wenn wieder mal weit und breit keine hilfreiche Seele zu sehen ist.« Dann musterte sie ihn scharf, ob er etwa mit diesem Trick nur in ihre Wohnung gelangen wollte.

Jack Sloane erriet ihre Gedanken. »Ich bin ein Freund von Miß Chase im dritten Stock und komme gerade von ihr«, erklärte er.

Die Frau strahlte. »Ich wohne direkt gegenüber von ihr. Eine reizende Person. Und so hübsch. Fabelhafte Schriftstellerin. Wußten Sie, daß Sir Stephen Hallett bei ihr verkehrt? Ach, das hätte ich nicht sagen sollen. Das war sehr unfein.«

Sie stiegen langsam die Treppe hoch, Jack trug die Taschen. Sie machten sich miteinander bekannt. Martha Hayward, Mrs. Alfred Hyward, stellte sie sich vor. Aus ihrer leicht umflorten Stimme schloß Jack, daß der Ehemann nicht mehr lebte.

Er deponierte die Einkäufe auf Mrs. Haywards Küchentisch und wandte sich zum Gehen. Beim Abschied kam ihm, völlig unerwartet, die Frage über die Lippen: »Trägt Miß Chase gelegentlich ein Cape?«

»Aber ja doch«, erwiderte Mrs. Hayward. »Oft hab ich

sie ja nicht damit gesehen, aber es ist ein sehr schönes Stück. Als ich es letzten Monat bewunderte, sagte sie, sie hätte es eben bei Harrods gekauft.«

Reza Patel las die Morgenzeitungen in der Praxis. Die Kaffeetasse in seiner Hand klirrte, als er die Fotos von toten und verletzten Opfern des Sprengstoffanschlags im Tower betrachtete. Glücklicher- oder unglücklicherweise hatte die Bombe ihr Ziel verfehlt. Sie lag an einer Stelle, von der aus sie unter den Kronen und dem Krönungszubehör ein Höchstmaß an Schaden angerichtet hätte, doch als der Aufseher sie aufhob, verlagerte sich der Explosionsdruck, so daß zwar die Glasvitrinen zersprangen, die kostbaren Exponate dagegen unversehrt blieben. Seine mutige Tat hatte den Aufseher das Leben gekostet und ebenso den unmittelbar neben ihm stehenden Touristen.

Ein gesonderter Artikel schilderte die Geschichte der königlichen Kleinodien, ihre Zerstörung nach der Hinrichtung Karls I. und die Wiederherstellung für die Krönung von Karl II. »Wieder Karl I. und Karl II.«, seufzte Patel. »Das ist Judiths Werk. Ich weiß es.«

»Nicht Judith — Lady Margaret Carew«, verbesserte Rebecca. »Ist es nicht Ihre Pflicht, sich an Scotland Yard zu wenden, Reza?«

Er schlug mit der Faust auf den Tisch. »Nein, Rebecca, nein. Ich habe Judith gegenüber die Pflicht, alles zu versuchen, sie von diesem bösen Geist zu befreien. Doch ich weiß nicht, ob ich das kann. Sie ist von allen das unschuldigste Opfer, sehen Sie das denn nicht? Unsere einzige Hoffnung ist ihre starke Persönlichkeit. Anna Anderson hat sich bereitwillig von Anastasias Wesen unterjochen lassen. Judith wird unterbewußt um ihre Identität kämpfen. Wir müssen ihr Zeit lassen.«

Tagsüber versuchte Patel mehrfach, Judith telefonisch zu erreichen, doch es meldete sich nur der Anrufbeantworter. Kurz bevor er die Praxis verließ, probierte er es noch einmal. Judith war am Apparat, eine Judith, die vor Freude jubelte. »Dr. Patel, ich habe die Geburtsurkunden bekommen. Können Sie sich vorstellen, daß sie falsch adressiert waren? Deshalb hat es so lange gedauert. Wir haben in Kent House am Kensington Court gewohnt. Erinnern Sie sich? Ich habe versucht, Ihnen zu sagen, daß ich am Kent Court wohne. Das trifft's doch annähernd, oder? Ich habe recht gehabt, meine Mutter hieß Elaine. Mein Vater war Offizier bei der Royal Air Force, Hauptmann Jonathan Parrish.«

»Das sind ja lauter gute Nachrichten, Judith! Was haben Sie als nächstes vor?«

»Morgen gehe ich zum Kent House. Vielleicht erinnert sich jemand an die Familie, jemand, der damals jung war und noch dort wohnt. Falls das nicht klappt, werde ich eruieren, wo und wie man die Akten der RAF einsehen kann. Meine einzige Sorge dabei ist, daß Stephen irgendwie davon erfahren könnte, wenn ich in staatlichen Unterlagen herumschnüffle. Sie kennen ja seine Einstellung.«

»Allerdings. Und was macht das Buch?«

»In ungefähr einer Woche werde ich es durchredigiert haben. Haben Sie gelesen, daß die Konservativen in den Meinungsumfragen vorne liegen? Wäre es nicht toll, wenn ich mit dem Buch fertig bin und er gleichzeitig die Wahl gewinnt und ich als Zugabe noch meine richtige Familie ausfindig mache?«

»Ja, einfach wunderbar. Aber arbeiten Sie nicht zu hart. Hatten Sie irgendwelche Probleme mit zeitlichen Abläufen?«

»Überhaupt keine. Ich sitze nur an der Schreibmaschine, von morgens bis abends.«

Als Patel auflegte, schaute er zu Rebecca hinüber, die mitgehört hatte. »Was halten Sie davon?« fragte sie.

»Es besteht Hoffnung. Sobald Judith das Buch abgeschlossen hat, wird auch diese starke Konzentration auf den Bürgerkrieg enden. Mit der Aufdeckung ihrer Herkunft wird ein tief sitzendes Bedürfnis befriedigt. Die Ehe mit Sir Stephen wird sie voll beanspruchen. Die Macht, die Lady Margaret über sie hat, wird schwinden. Wir müssen sie im Auge behalten und abwarten.«

Commander Sloane meldete sich bei Deputy Assistand Commissioner Barnes in Scotland Yard zurück. Nur Inspector Lynch wurde noch zugezogen. »Sie haben mit Miß Chase gesprochen?« erkundigte sich Barnes.

Sloane stellte fest, daß die Wochen seit dem ersten Bombenanschlag in dem mageren Gesicht von Barnes tiefe Spuren hinterlassen hatten. Als Leiter der Anti-Terror-Abteilung unterrichtete Barnes gewöhnlich den Assistant Commissioner for Crime, nach dem Commissioner der ranghöchste Beamte von Scotland Yard. Er wußte, daß Barnes die schwere Verantwortung auf sich genommen hatte, seine Vorgesetzten nicht über den möglichen Zusammenhang zwischen Judith Chase und den Sprengstoffanschlägen zu informieren. Einer von beiden wäre ohne Zögern zu Stephen Hallett gegangen. Der Commissioner mochte Stephen nicht und hätte die Gelegenheit begrüßt, ihn aus der Fassung zu bringen. Sloane bewunderte Barnes wegen der Entscheidung, Judiths Namen zurückzuhalten; gleichzeitig beneidete er Barnes wahrhaftig nicht um die Folgen, falls sich diese Maßnahme als falsch erweisen sollte.

Im Büro war es zwar warm, aber bei dem kalten, trüben Wetter verlangte es Sloane nach einer Tasse Kaffee. Ihm widerstrebte dieser Bericht, den er gleich erstatten mußte.

Barnes teilte seiner Sekrektärin über die Gegensprechanlage mit, sie solle keine Gespräche durchstellen, zögerte, knurrte dann: »Bis auf die klaren Fälle.« Er lehnte sich im Sessel zurück, hielt die zusammengelegten Hände senkrecht vor sich, für seine Mitarbeiter ein Signal, daß er präzise Antworten auf seine Fragen erwartete.

»Sie haben also mit ihr gesprochen, Jack«, herrschte er Sloane an. »Was ist dabei herausgekommen?«

»Von einer Narbe kann keine Rede sein. Sie hat zwar ein ganz schwaches Mal an der rechten Hand, aber das sieht man nur auf Millimeterabstand. Sie war gestern *vormittag* im Tower, nicht am Nachmittag. Sie hat nicht mit dem Aufseher gesprochen, und falls er sie angeredet haben sollte, so hat sie's nicht gehört.«

»Dann stimmt also ihre Darstellung mit dem Bericht des Aufsehers im großen ganzen überein. Aber was hat er mit dem ›Wieder da‹ gemeint?«

»Sir«, meldete sich Lynch zu Wort. »Scheint es sich nicht um den gleichen Tatbestand zu handeln, den Watkins beschreibt — nicht dieselbe Frau, aber eine starke Ähnlichkeit?«

»Sieht ganz so aus. Wir sollten wohl Gott danken, daß

wir nicht vor dem Problem stehen, die Zukünftige des nächsten Premierministers verhaften zu müssen«, erklärte Barnes. »Gentlemen, was in dem offiziellen Bericht unbedingt enthalten sein muß, liegt auf der Hand — nämlich die Tatsache, daß der Aufseher Miß Chase gesehen und daß sie bestätigt hat, vormittags im Tower gewesen zu sein. Dagegen ist dieses ›wieder da‹ nicht hervorzuheben — ich wiederhole, in keiner Weise zu betonen. Bei der gesuchten Frau handelt es sich eindeutig um eine Person, die Ähnlichkeit mit Miss Chase hat, die Watkins gegenüber behauptete, sie heiße Margaret Carew, doch ihr Name darf hier nicht auftauchen, das ist ein Gebot der Fairness, sowohl Sir Stephen als auch Miß Chase gegenüber.«

Commander Sloane dachte an seine langjährige Freundschaft mit Stephen, an die Betroffenheit von Judith Chase, als sie über den Sprengstoffanschlag sprachen. Stirnrunzelnd und mit gedämpfter Stimme sagte er: »Es gibt noch etwas, das Sie wissen müssen. Judith Chase besitzt ein teures dunkelgrünes Cape, das sie vor etwa einem Monat bei Harrods gekauft hat.«

Judith stand vor Kent House, 34 Kensington Court, und blickte an dem Wohnhaus im Tudorstil mit den zinnenartigen Brüstungen und dem reich verzierten Turm hoch. Hierher hatte man Mary Elizabeth Parrish und Sarah Courtney Parrish nach ihrer Geburt im Queen Mary Hospital gebracht. Sie klingelte beim Hausmeister und fragte sich mit Blick auf den verblichenen Marmorfußboden im Aufgang, ob die Phantasie ihr einen Streich spielte. Erinnerte sie sich wirklich, vor so langer Zeit über diesen Marmor zu dieser Treppe gelaufen zu sein?

Die Frau des Hausmeisters war Ende Fünfzig. Langer Pullover, lappiger Wollrock, blauweiße Kunstlederschuhe, freundliches Gesicht ohne jedes Make-up, umrahmt von gewelltem weißem Haar. Sie öffnete die Tür nur einen Spaltbreit. »Bedaure, wir haben nicht eine freie Wohnung zu vermieten«, sagte sie.

»Deswegen bin ich auch nicht gekommen.« Judith gab der Frau ihre Karte. Sie hatte sich bereits zurechtgelegt, was sie sagen wollte. »Meine Tante hatte eine sehr liebe Freundin, die im Krieg in diesem Haus wohnte. Ihr Name war Elaine Parrish. Sie hatte zwei kleine Töchter. Es ist ja sehr lange her, aber meine Tante hofft trotzdem, sie irgendwie ausfindig zu machen.«

»Tja, meine Liebe, ich fürchte, da gibt's nicht mal mehr schriftliche Unterlagen. Das Haus ist ein paarmal verkauft worden, wozu sollte man da Aktenordner aufheben, über Mieter, die ausgezogen sind? Wie lange ist das her? Fünfundvierzig oder sogar fünfzig Jahre! Hoffnungslos.« Sie wollte die Tür zumachen.

»Einen Moment noch«, bat Judith. »Ich weiß ja, wieviel Sie zu tun haben, aber wenn ich Sie nun für den Zeitaufwand entschädige?«

Die Frau lächelte. »Ich bin Myrna Brown. Möchten Sie nicht reinkommen, meine Liebe? Es gibt tatsächlich ein paar alte Unterlagen im Keller.«

Zwei Stunden später verließ Judith den ihr zur Verfügung gestellten Raum und machte sich auf die Suche nach Myrna Brown. Beim Hantieren mit den verstaubten Aktenordnern waren ihr die Nägel abgebrochen, und sie sehnte sich nach Wasser und Seife. »Leider haben Sie recht, Mrs. Brown. Ein ziemlich hoffnungsloser Fall. In den zwanzig Jahren, über die Sie Unterlagen hier haben, hat es ja sehr viel Wechsel gegeben. Mit einer Ausnahme — Wohnung 4 B. Soweit ich feststellen kann, haben da die Mieter erst vor vier Jahren gewechselt.«

Myrna Brown schlug die Hände über dem Kopf zusammen. »So was von dämlich! Natürlich. Wir sind erst drei Jahre hier, aber der Hausmeister, der in Rente gegangen ist, hat uns alles über Mrs. Bloxham erzählt. Mit Neunzig hat sie schließlich die Wohnung aufgegeben und ist in ein Altersheim gegangen. Sie soll geistig voll auf der Höhe gewesen und unter Protest ausgezogen sein, aber ihr Sohn wollte nicht, daß sie weiter allein lebte.«

»Wie lang hat sie hier gewohnt?« Judith fühlte, wie ihr der Mund trocken wurde.

»Seit 'ner Ewigkeit. Sie ist wohl als junge Frau mit Zwanzig hier eingezogen.«

»Lebt sie noch?«

»Keine Ahnung. Wahrscheinlich nicht, würde ich sagen. Aber man kann ja nie wissen, stimmt's?«

Judith schluckte. So nahe. So greifbar nahe. Sie mußte sich fassen und Haltung bewahren, schaute sich in dem kleinen Wohnzimmer um — bunte Blumentapete, straff mit Roßhaar gepolsterte Couchgarnitur, elektrische Heizkörper unter langen, schmalen Fenstern.

Der Heizkörper. Sie und Polly waren um die Wette gerannt. Sie war gestolpert und gegen den Heizkörper gefallen. Sie erinnerte sich an den gräßlichen Geruch nach verbrannter Haut, an das Gefühl, wie ihr Haar am Metall festklebte. Und dann Arme, die sie hielten, sie beruhigten, sie die Treppe hinuntertrugen. Die junge, erschrockene Stimme ihrer Mutter, die nach Hilfe rief.

»Die Post mußte doch Mrs. Bloxham bestimmt nachgeschickt werden.«

Das Postamt darf keine Adressen herausgeben, aber warum rufen wir nicht bei der Hausverwaltung an? Die könnten sie doch haben.«

Am Spätnachmittag fuhr Judith in einem Leihwagen durch das Tor vom Preakness Retirement Home in Bath. Sie hatte sich vorher telefonisch erkundigt und erfahren, daß Muriel Bloxham noch dort wohnte, aber sehr vergeßlich geworden sei.

Die Heimleiterin führte sie in den Gesellschaftsraum — breite, hohe Fenster, sonnig, helle Vorhänge und Teppiche. Vier oder fünf alte Leute im Rollstuhl waren vor dem Fernseher versammelt. Drei Frauen, schätzungsweise Ende Siebzig, unterhielten sich und strickten dabei. Ein weißhaariger Mann mit hagerem Gesicht blickte starr vor sich hin und dirigierte. Im Vorbeigehen stellte Judith fest, daß er dazu erstaunlich richtig summte. Mein Gott, dachte sie, diese armen Menschen ...

Die Heimleiterin hatte wohl ihren Gesichtsausdruck bemerkt. »Ohne Frage haben manche von uns ein allzu langes Leben, aber ich kann Ihnen versichern, daß sich unsere Gäste durchweg sehr wohlfühlen.«

Judith fühlte sich zurechtgewiesen. »Das sehe ich auch«, entgegnete sie ruhig. Ich bin so müde, dachte sie. Das Ende des Buches, das Ende des Wahlkampfes, vielleicht das Ende der Spurensuche. Die Heimleiterin hielt sie wahrscheinlich für eine Verwandte der alten Mrs. Bloxham — die womöglich sogar an einem Schuldkomplex litt und nun einen hastigen Pflichtbesuch absolvierte.

Sie waren am Fenster angelangt, mit Aussicht auf eine Parklandschaft. »Na, Mrs. Bloxham«, begann die Heimleiterin in herzlichem Ton. »Wir haben Besuch gekriegt. Ist das nicht schön?«

Mrs. Bloxham, gebrechlich, aber immer noch kerzengerade im Rollstuhl sitzend, erwiderte: »Mein Sohn ist in den Staaten. Sonst erwarte ich niemand.« Ihre Stimme klang fest und klar.

»Na aber, behandelt man denn so einen lieben Gast?« murrte die Heimleiterin.

Judith legte ihr die Hand auf den Arm. »Bitte, wir kommen schon zurecht.« Sie holte sich den Stuhl, der an einem kleinen Tisch stand, und setzte sich neben die alte Frau. Ein wunderbares Gesicht, dachte sie, und die Augen immer noch so intelligent. Muriel Bloxhams rechter Arm lag auf der Decke, in die sie eingehüllt war. Mager und runzelig.

»Na los, wer sind Sie?« fragte Mrs. Bloxham. »Ich werde alt, das weiß ich selber, aber ich erkenne Sie nicht.« Die Stimme war schwach, doch sehr deutlich. Sie lächelte. »Ob ich Sie nun kenne oder nicht, ich bekomme gern Besuch.« Ihr Gesicht verdüsterte sich. »Müßte ich sie kennen? Mein Gedächtnis soll angeblich nachlassen.«

Judith merkte sofort, wie sehr das Sprechen die alte Frau anstrengte. Sie mußte gleich auf ihre Fragen kommen. »Ich bin Judith Chase. Ich halte es für denkbar, daß Sie vor langer Zeit meine Angehörigen gekannt haben, und danach möchte ich Sie fragen.«

Mrs. Bloxham zog den linken Arm unter der Decke hervor und tätschelte Judiths Wange. »Sie sind so hübsch. Sie sind Amerikanerin, stimmt's? Mein Bruder war mit einer Amerikanerin verheiratet, aber das liegt lange zurück.«

Judiths Finger umschlossen die kalte, blaugeäderte Hand. »Ich rede auch von einer lange zurückliegenden Zeit. Es war während des Krieges.«

»Mein Sohn war im Krieg. Er war in Gefangenschaft, kam aber schließlich zurück. Nicht wie viele andere.« Ihr Kopf sank auf die Brust herab, die Augen fielen zu.

Sinnlos, dachte Judith. Sie wird sich nicht erinnern. Muriel Bloxham begann regelmäßig zu atmen und schlief ein. Das gab Judith Gelegenheit, die Züge der alten Frau ganz genau zu studieren. *Blammy hat sich viel mit Polly und mir abgegeben. Sie hat kleine Kuchen gebacken und uns Geschichten vorgelesen.*

Es verging eine knappe halbe Stunde, bis Muriel Bloxham die Augen aufschlug. »Pardon. Das kann passieren, wenn man so alt ist.« Ihr Blick war wieder hellwach.

Judith wußte, daß sie keine Zeit verlieren durfte. »Versuchen Sie nachzudenken, Mrs. Bloxham. Erinnern Sie sich an eine Familie namens Perrish, die während des Krieges in Kent House wohnte?«

Kopfschütteln. »Nein, den Namen habe ich nie gehört.«

»Blammy, versuchen Sie's«, bat Judith. »Versuchen Sie's.«

»Blammy.« Muriel Bloxham strahlte auf. »Seit den Zwillingen hat mich niemand so genannt.«

Judith bemühte sich, die Stimme nicht zu heben. »Die Zwillinge?«

»Ja. Polly und Sarah. Bildhübsche kleine Mädchen. Elaine und Jonathan sind nach der Hochzeit eingezogen.

Sie — hellblond. Er — dunkelhaarig, groß und stattlich. Die beiden waren so verliebt ineinander. Er wurde abgeschossen, eine Woche nach Geburt der Zwillinge. Ich bin oft hingegangen und habe Elaine geholfen. Sie war völlig gebrochen. Nachdem die Raketen ganz in der Nähe gefallen waren, beschloß sie, die Kinder aufs Land zu bringen. Die beiden hatten keine Angehörigen. Deshalb habe ich ihr bei meinen Freunden in Windsor eine Bleibe verschafft. Am Abfahrtstag schlug eine Bombe in Bahnhofsnähe ein.«

Ihre Stimme zitterte. »Furchtbar. Elaine tot. Die kleine Sarah und ein paar andere total zerfetzt, bis zur Unkenntlichkeit. Polly so schwer verletzt.«

»Polly ist nicht umgekommen?«

Mrs. Bloxhams Gesicht wurde ausdruckslos. »Polly?«

»Polly Parrish, Blammy. Was ist mit ihr passiert?« Judith stiegen Tränen in die Augen. »Sie können sich erinnern.«

Blammy begann zu lächeln. »Weinen Sie nicht, Herzchen. Polly geht's gut. Sie schreibt mir manchmal. Sie hat eine Buchhandlung in Beverley, in Yorkshire. Parrish Pages nennt sie sich.«

»Tut mir leid, Miß, aber Sie müssen jetzt gehen. Ich habe Sie über die Besuchszeit hinaus bleiben lassen.« Die Heimleiterin schaute mißbilligend drein.

Judith erhob sich, beugte sich hinunter und küßte die alte Frau auf den Scheitel. »Leb wohl, Blammy, alles Gute. Ich komme dich wieder besuchen.«

Im Weggehen hörte sie, wie Muriel Bloxham der Heimleiterin von den Zwillingen erzählte, die sie Blammy nannten.

Der ausgedehnte Apparat von Scotland Yard nahm die Ermittlungen auf und begann das Leben von Judith Chase zu durchleuchten. Binnen weniger Tage stapelten sich die Ergebnisse auf dem Schreibtisch von Commander Sloane. Unterlagen, die in die Kindheit zurückreichten, psychologische Berichte, Artikel, die sie für die *Washington Post* geschrieben hatte. Erwähnung in den Gesellschaftsspalten, Schulzeugnisse, Aktivitäten, Klubs, diskrete Interviews mit Kollegen in Washington, ihrem Verleger, ihrem Steuerberater.

»Insgesamt die reine Lobeshymne«, befand Sloane, als er Philip Barnes gegenübersaß. »Da ist nicht der leiseste Hinweis auf Protestaktionen gegen die Regierung oder auf Verbindung zu rakikalen Gruppen, von Geburt an. Dreimal Klassensprecherin in der Schule, Vorsitzende der Studentenvertretung in Wellesley, sozial und karitativ sehr engagiert. Ein wahres Glück, Sir, daß wir das nicht als Überprüfung deklariert haben. Wir hätten uns ja lächerlich gemacht.«

»Da ist nur ein Punkt, der mich stutzig macht.« Barnes hatte das Jahrbuch ihrer Schule aufgeschlagen. Unter dem Klassenfoto der üblichen Kurzbiographie stand ein Satz, der er herausstrich: *Miß Fixundfertig. Sagt, sie will Schriftstellerin werden, aber erst mal abwarten, ob sie nicht statt dessen Brücken baut.*«

»Die Bomben waren primitiv, aber sehr wirkungsvoll. Wenn Watkins nur das Gelatinedynamit geliefert hat, brauchte es ein beachtliches technisches Geschick, sie so zu montieren, daß sie nicht entdeckt wurden.«

»Ich kann daran nichts Besonders finden, Sir«, widersprach Sloane. »Meine beiden Schwestern haben ein angeborenes technisches Geschick, aber ob sie das für terroristische Zwecke benutzen würden, wage ich zu bezweifeln.«

»Trotzdem wünsche ich, daß Miß Chase weiterhin rund um die Uhr überwacht wird. Haben Lynch oder Collins irgendwas zu berichten?«

»Nicht direkt, Sir. Sie ist die meiste Zeit zu Hause, aber gestern war sie in Kent House am Kensington Court. Sie hat sich nach einer Familie erkundigt, die dort vor vielen Jahren wohnte — Bekannte ihrer Tante.«

»Ihrer Tante?« Barnes blickte ihn scharf an. »Sie hat doch gar keine Verwandten.«

Sloane runzelte die Stirn. Das war es, was ihn gestört hatte. »Da hätte ich einhaken müssen, aber sie fuhr von Kent House zu einem Altenheim in Bath und sprach dort mit einer uralten Frau, das alles wirkte völlig harmlos.«

»Nach wem hat sie sich erkundigt?«

»Das können wir nicht genau mit Sicherheit sagen. Als Lynch mit der alten Frau zu reden versuchte, war sie geistig ziemlich weggetreten. Das scheint bei ihr zu schwanken.«

»Dann schlage ich vor, daß Sie die alte Dame aufsuchen und sehen, ob Sie mit ihr reden können. Vergessen Sie nicht, Judith Chase war eine britische Kriegswaise. Nach allem, was wir wissen, hat sie Personen aus der Vergangenheit ausfindig gemacht, die sie möglicherweise beeinflussen.«

Barnes stand auf. »Nur noch sechs Tage bis zu den Wahlen. Es ist nach wie vor ein Kopf-an-Kopf-Rennen, aber ich denke, die Konservativen machen's. Deswegen müssen wir Judith Chase einwandfrei entlasten, bevor wir in die peinliche Lage geraten, die neue Regierung noch vor dem Amtsantritt bloßzustellen.«

Nach der Rückkehr aus Bath fühlte sich Judith seelisch und körperlich restlos ausgepumpt. Sie ließ sich ein Bad ein, lag zwanzig Minuten im heißen Wasser, zog dann Nachthemd und Morgenrock an. Ein Blick in den Spiegel zeigte ihr, daß sie leichenblaß war, jetzt wirklich dringend einen Haarschnitt benötigte und daß ihr abgemagertes Gesicht geradezu unschön wirkte. Ich muß mir einen freien Tag gönnen, dachte sie — morgen gehe ich zur Kosmetik und zur Maniküre und zum Friseur ... Sie würde das Buch ein bis zwei Tage liegenlassen, sich dann die Seiten vornehmen, die noch zu redigieren waren. Und sie würde morgen bei Parrish Pages in Beverley anrufen und feststellen, ob Blammy recht hatte mit Polly Parrish ...

Polly, *am Leben!* Meine *Schwester*, dachte Judith. Meine *Zwillingsschwester!*

Die Erkenntnis, daß sie vielleicht wirklich eine nahe Verwandte hatte, war erregend und zugleich erschreckend. Ich fahre hin und gehe in die Buchhandlung, dachte sie. Diesmal werde ich nur etwas herumstöbern. Sie wußte, daß sie sich Polly nicht zu erkennen geben durfte, bis sie mehr über sie wußte. Doch später, nach dem Wahlkampf, konnte Stephen sie überprüfen lassen. Dagegen würde er keine Einwände erheben, solange niemand den Grund für die Nachforschungen kannte. Aber das wird ihr garantiert nichts anhaben, erhoffte sich Judith, als sie zu Bett ging, zu müde, um sich einen Teller

Suppe aufzuwärmen. Komisch, sie hat auch mit Büchern zu tun ... Ich wüßte gern, ob sie es jemals mit Schreiben versucht hat.

Sie schlief so fest, daß sie das Telefon erst nach einem Dutzend Klingelzeichen hörte. Stephens besorgte Stimme machte sie wach.

»Judith, ich war schon richtig beunruhigt. Bist du so müde?«

»*So glücklich*«, erwiderte sie. »Ich mache zwei Tage blau, um wieder einen klaren Kopf zu kriegen, dann redigiere ich das Manuskript fertig und schicke es ab.«

»Darling, vor den Wahlen komme ich nicht mehr nach London. Schlimm?«

Judith lächelte. »Ich bin beinahe froh darüber. Ich sehe nämlich aus wie eine Vogelscheuche. Ein paar zusätzliche Tage geben mir die Chance, mich akzeptabel zu restaurieren.«

Sie schlief wieder ein. *Stephen, ich liebe dich...*, dachte sie. *Polly, ich bin's ... Sarah ...*

Margaret spürte, daß ihr Einfluß auf Judith schwächer wurde. Sie wußte, daß Judith nach Beendigung des Buches ihre Aufmerksamkeit vom Bürgerkrieg abwenden würde.

Margaret hatte ihre Energie darauf gerichtet, sich auf die Zeit vorzubereiten, in der sie Judith beherrschen konnte. Jetzt wußte sie, daß sie Judiths Sprechweise kopieren konnte ohne den Tonfall, den Rob Watkins so amüsant gefunden hatte. Sie fühlte sich mit Judiths Welt vertraut. Sie hatte heute gemerkt, was Judith entgangen war. Man folgte ihnen.

Es gab so viel zu tun. Sie hatte beschlossen, wo die nächste

Sprengladung plaziert werden sollte. Besaß sie die Kraft, Judith abermals zu bezwingen?

Inspector Lynch verbrachte einen guten Teil des folgenden Tages vor dem Kosmetiksalon von Harrods. Als Judith um 17 Uhr auftauchte, wirkte sie ausgeruht und glücklich — seidig glänzendes Haar, strahlendes Gesicht, makellos gefeilte Fingernägel.

Pure Zeitverschwendung, dachte Lynch, als er ihr zu einem Lokal folgte, wo sie eine Portion Spaghetti vertilgte und Chianti dazu trank, danach direkt nach Hause ging. Wenn die 'ne Terroristin sein soll, dann ist's meine Großmutter schon lange, murmelte er vor sich hin, als er gegenüber von ihrer Haustür in einem Wagen Stellung bezog.

Sam Collins würde ihn bald ablösen. Die Version für Collins, einen überaus zuverlässigen Beamten, besagte, ein anonymes Schreiben habe Miß Chase beschuldigt, in die Sprengstoffanschläge verwickelt zu sein, was man zwar für lächerlich halte, dem man aber dennoch nachgehen müsse. Die Sache sei »streng geheim«, hatte man ihm eingeschärft.

Lynch registrierte, daß das Vorderfenster von Judiths Wohnung hell wurde. Nach Commander Sloanes Beschreibung mußte dort das Arbeitszimmer sein, also saß sie wieder am Schreibtisch. Kurz darauf erschien Collins. »Sie werden eine ruhige Nacht haben, das kann ich Ihnen versprechen«, meinte Lynch. »Sie ist kein vergnügungssüchtiger Typ.«

Collins nickte. Er hatte grobe Züge und wirkte recht hausbacken. Doch der Schein trog. Lynch wußte aus Erfahrung, daß Collins geradezu verblüffend flink und wendig war.

Ursprünglich hatte Judith nicht vorgehabt zu arbeiten, aber nach der Massage samt kosmetischer Behandlung, Pediküre, Maniküre und Friseur fühlte sie sich so angenehm belebt, daß sie sich die noch zu redigierenden Seiten vornehmen wollte. Die strahlende Laune, in die sie der Anruf in Beverley morgens versetzt hatte, hielt den ganzen Tag über an. Die Auskunft gab ihr sofort die Nummer von Parrish Pages. Sie erkundigte sich daraufhin dort telefonisch nach den Öffnungszeiten und fragte beiläufig: »Ist die Inhaberin immer noch Polly Parrish?«

»Freilich«, lautete die Antwort. »Sie muß jeden Moment hier sein. Soll sie Sie zurückrufen?«

»Nicht nötig. Jedenfalls vielen Dank.«

Morgen, hatte Judith tagsüber ständig gedacht. Morgen werde ich sie sehen. Und bis zu den Wahlen sind es nur noch ein paar Tage. In den vergangenen Wochen hatte sie den Gedanken an die vor ihr liegenden gemeinsamen Jahre mit Stephen beiseite geschoben. Jetzt wünschte sie sich sehnlich, nach Edge Barton zu fahren und ungestört Tage und Wochen mit ihm zu verbringen. Tage und Wochen ungestört, wenn Stephen Premierminister wurde? Judith lächelte traurig — sie könnten sich glücklich schätzen, wenn sie ungestörte *Stunden* hätten!

Die Hand ans Kinn gelegt, sah sie sich liebevoll in Lady Ardsleys winziger Bibliothek um, die sie als Arbeitszimmer benutzte. Alte Klassikerausgaben, dazwischen Renaissancedichtungen, viktorianischer Krimskrams neben hauchdünnem alten Porzellan, ein gestärktes Spitzendeckchen auf einem bildschönen Tisch aus der Zeit Jakobs I.

Edge Barton, mit den hohen, großen Räumen, den bezaubernden Fenstern und alten Türen... Innen brauchte es ein paar behutsame Maßnahmen, eine weibliche Note. Manche Möbel müßten neu bezogen und aufgepolstert werden. Ebenso waren die Vorhänge zu erneuern. Eine lohnende Aufgabe, dachte Judith, Edge Barton meinen persönlichen Stempel aufzudrücken...

Zurück an die Arbeit. Das Royal Hospital.

Das hörte sich fast an wie der Befehl einer inneren Stimme. Verdutzt strich sie sich das Haar aus der Stirn und bemerkte, daß sich die Narbe an der Hand hellrot verfärbt hatte. Ich werde einen plastischen Chirurgen aufsuchen wegen dieser verdammten Narbe, gelobte sie. Das ist doch verrückt, wie die dauernd kommt und geht.

Sie schlug rasch das letzte Kapitel ihres Manuskriptes auf, wo sie den Abschnitt über das Chelsea Royal Hospital markiert hatte. Karl II. hatte den entzückenden, wunderbar erhaltenen Bau als Heim für Invaliden und Veteranen errichten lassen.

Die Veteranen Karls II. Die Simon Halletts dieser Welt, die an den Rockschößen des Merry Monarch hingen! So nannten sie ihn — the Merry Monarch. Vincent auf dem Schlachtfeld gefallen, John hingerichtet, ich selbst hintergangen und gemordet — und der fröhliche Monarch baut ein Heim für seine Soldaten, wo sie leben sollten »wie im College oder Kloster«.

Margaret schob das Manuskript beiseite, fegte absichtlich ganze Abschnitte vom Schreibtisch auf den Boden. Sie erhob sich rasch, ging ins Schlafzimmer und holte den Sack, den Rob Watkins ihr gegeben hatte, aus dem Kleiderschrank. In der Küche war das Licht besser. Sie nahm den Sack mit und breitete den Inhalt auf dem Tisch aus.

Draußen beobachtete Sam Collins mit wachsendem Interesse, wie in der Wohnung von Lady Ardsley nacheinander Licht gemacht wurde. Judith Chase mußte das Arbeitszimmer verlassen haben, ohne auszuknipsen, wollte also wahrscheinlich dorthin zurückkehren. Es war erst 19 Uhr 45.

Bedeutete die Beleuchtung im Schlafzimmer, daß sie sich hinlegen wollte? Oder zog sie sich vielleicht um, machte es sich bequem? Er beobachtete, wie es in der Küche hell wurde, zog dann den Grundriß der Wohnung zu Rate, den Sloane ihm gegeben hatte. Die Fenster von Arbeitszimmer, Küche, Wohnzimmer und Schlafzimmer gingen sämtlich zur Straße; Wohnungstür und Diele lagen nach hinten.

Sam konstatierte den rapiden Wetterumschwung. Anfangs war der Abend sternklar mit Halbmond. Jetzt waren dichte Wolken aufgezogen, und die feuchte Luft kündigte Regen an. Die wenigen Passanten hasteten dahin, um möglichst noch trocken ans Ziel zu gelangen.

In der Geborgenheit seines unauffälligen Fahrzeugs behielt Sam die Wohnung von Lady Ardley weiterhin scharf im Auge. Das Licht in der Küche und gleich darauf im Schlafzimmer ging aus. Wahrscheinlich hat sie sich nur umgezogen und eine Kanne Tee aufgegossen, dachte er, und wollte sich zurücklehnen. Dann erstarrte er. Der Schatten am Fenster des Arbeitszimmers hatte sich bewegt. Sekundenlang konnte er Judith Chase deutlich sehen. Sie schaute direkt auf seinen Wagen hinunter, trug jetzt eine Art Überwurf.

Sam zog sich in das dunkle Wageninnere zurück. Sie weiß, daß ich hier sitze, sagte er sich. Sie will ausgehen. Bei seinem ersten Nachtdienst hatte er das Terrain sondiert — auf der Rückseite des Hauses gab es einen Lieferanteneingang und einen schmalen Hof, durch den man in die nächste Straße gelangen konnte.

Er wartete kurz ab, kam dann zu dem Schluß, daß Judith wohl das Licht im Arbeitszimmer brennen lassen würde. Er stieg aus und sauste über den betonierten Durchgang zwischen den Häusern. Die Hintertür öffnete sich, und Judith kam heraus. Sam trat zurück und spähte um die Seitenmauer. In der Beleuchtung konnte er eben noch erkennen, daß sie ein dunkles Cape trug. An dem anonymen Hinweis scheint doch was dran zu sein, dachte er. Vielleicht hat sie tatsächlich etwas mit den Sprengstoffanschlägen zu tun! Was hat sie jetzt vor? Ein Geheimtreffen mit Terroristen? Er sonnte sich in dem Vorgefühl; derjenige zu sein, der den Fall des Londoner Bombenlegers gelöst hatte. Kann der Karriere bestimmt nicht schaden, dachte er ...

Margaret eilte durch die wenig belebten Straßen. Der Mann von Scotland Yard war inzwischen bestimmt in seinem Wagen eingenickt. Unter ihrem Cape trug sie das Päckchen, das sie präpariert hatte. Es lag ganz harmlos in einer kleinen Einkaufstasche vom nächsten Supermarkt, darüber waren

Weintrauben und Äpfel gepackt — das typische Mitbringsel für einen Besuch im Veteranen-Heim. Die Besuchszeit war bald zu Ende. Für sie wurde es knapp.

Geräuschlos folgte Sam Collins der schlanken Gestalt, die rasch die Stadt in Richtung Themse durchquerte. Als sie fast eine halbe Stunde später in die Royal Hospital Road einbog, stutzte er.

Was hatte sie vor? Wollte sie einfach nur einen Pensionär besuchen? Hatte sie bemerkt, daß sie beschattet wurde, und den Hinterausgang genommen, um den lästigen Verfolger abzuschütteln? Sie trug ein dunkelgrünes Cape, aber das war in dieser Saison der letzte Schrei, das hatte ihm seine Frau auseinandergesetzt und ihrer Tochter eins zum Geburtstag gekauft.

In dem von einer Kuppel überwölbten Vestibül des prachtvollen Gebäudes herrschte reger Betrieb. Es war 20 Uhr 20, wie ein Blick auf den Schreibtisch im Empfang zeigte. Sam sah, wie Judith direkt dorthin steuerte und eine kleine Tasche mit Obst darauf deponierte.

Nachdem sie die Besuchserlaubnis erhalten hatte, würde er sich nach dem Namen des Pensionärs erkundigen, zu dem sie wollte, beschloß er. Doch dann riet ihm sein untrüglicher Instinkt, sich hinter ihr am Schreibtisch anzustellen, als vermeintlichen Besucher.

»Ich möchte Sir John Carew einen Besuch abstatten«, sagte Margaret leise, gehetzt.

Carew! Collins trat vor. »Kann ich Sie kurz sprechen, Madam?«

Margaret wirbelte herum, ihre Augen funkelten wütend.

Sie bemerkte, wie der massige Mann, der ihr gefolgt sein mußte, auf ihre Hand starrte. Die Narbe hatte sich flammend purpurrot verfärbt.

Sie ergriff die Tasche auf dem Schreibtisch und schleuderte sie quer durch die Vorhalle auf drei Gepäckträger, die eben heruntergekommen waren.

Das Päckchen enthielt eine Bombe, das wußte Sam instinktiv. Sekundenschnell durchquerte er den Raum und bückte sich danach ...

Margaret befand sich im Hof, als der Sprengsatz detonierte und das Vestibül in ein Inferno verwandelte — einstürzende Wände, herumfliegende Splitter, schreiende Opfer. Berstende Fensterscheiben. Eine scharfkantige Scherbe streifte ihre Wange, als sie sich im Schutz der Dunkelheit, von Regenschleiern umhüllt, davonstahl.

Reza Patel und Rebecca saßen vor dem Fernseher, als die Kurznachricht über das Drama im Royal Hospital eingeblendet wurde. Fünf Tote, zwölf Schwerverletzte. Patel, aschgrau im Gesicht, rief bei Judith an. Sie meldete sich sofort. »Ich sitze am Schreibtisch, Doktor. Arbeite wie üblich.« Für Patel klang ihre Stimme munter und normal. Dann lachte Judith. »Ich kann nur hoffen, daß meine Leser auf mein Buch nicht genauso reagieren wie ich heute abend. Ich bin bei der Lektüre buchstäblich eingeschlafen.«

Ich muß praktisch bewußtlos gewesen sein, dachte Judith, als sie noch eine Seite entdeckte, die sie beim Aufsammeln des Manuskriptes vom Fußboden übersehen hatte. Sie löschte das Licht im Arbeitszimmer, ging ins Schlafzimmer und zog sich rasch aus. Stephen hatte ihr gesagt, daß er sie wegen einer Nachtsitzung wohl nicht mehr anrufen würde.

Die Beine taten ihr weh. Man könnte meinen, ich hätte beim Marathonlauf mitgemacht, dachte sie. Vielleicht sollte sie ein Aspirin nehmen. Sie musterte sich kurz im Spiegel, als sie die Arzneipackung aus dem Apothekenschränkchen nahm.

Ihre neue Frisur war zerzaust. Die etwas ins Gesicht gekämmten Strähnen ringelten sich, und beim Zurückstreichen merkte sie, daß sie ein wenig feucht waren. Das Arbeitszimmer muß überheizt gewesen sein, befand sie. Aber ich schwitze doch nie ...

Sie cremte sich das Gesicht ein und entdeckte verblüfft einen Blutstropfen auf der Wange. Da war ein kleiner Kratzer. Sie erinnerte sich an keinerlei Schmerzempfindung während der Gesichtsmassage, aber die Kosmetikerin hatte lange Fingernägel ...

Auf dem Weg ins Bett stellte sie irritiert fest, daß die Türen von Lady Ardsleys Kleiderschrank wieder etwas aufgesprungen waren. Ich werde sie festbinden, dachte sie. Wäre es nicht furchtbar peinlich, wenn sie zufällig vorbeikäme und annehmen müßte, ich stöbere in ihren Sachen herum?

Sie legte sich hin, löschte das Licht und versuchte, sich zu entspannen, doch die Beine taten ihr weh, sie hatte Kopfschmerzen und wurde von einer tiefen Depression erfaßt. Die viele Arbeit, dachte sie, und das ausgefallene abendliche Gespräch mit Stephen. »Stephen und Polly«, flüsterte sie, aber die Namen brachten ihr diesmal keinen

Trost. Ihr war verzweifelt zumute, als ob ihr beide entglitten.

Auf dem Gesicht von Deputy Assistant Commissioner Barnes hatten Zorn und Schmerz tiefe Spuren hinterlassen. Commander Sloane und Inspector Lynch, die Augen rotgerändert vor Müdigkeit, konnten kaum noch aufrecht an Barnes' Schreibtisch sitzen. Beide hatten die ganze Nacht am Tatort verbracht, doch ohne jedes Ergebnis. Ein Arzt, der den Gang entlangkam, hatte gesehen, wie ein Päckchen durch das Vestibül flog und ein stämmiger Mann hinterher stürzte. Instinktiv war er mit einem Satz in den Korridor zurückgewichen — eine Reaktion, die dem Arzt zweifellos das Leben gerettet hatte. Die anderen Verletzten hatten niemand bemerkt, der ein Päckchen trug. Die drei Gepäckträger, denen die Bombe vor die Füße gefallen war, die Empfangsdame und Inspector Collins waren tot.

»Die Frage ist, ob Collins tatsächlich Judith Case auf den Fersen war«, sagte Barnes scharf. »Alles deutet darauf hin. Die einzige andere Möglichkeit besteht darin, daß jemand aus ihrer oder einer anderen Wohnung in ihrem Haus kam, der bei Collins Verdacht erregte. Sie haben Miss Chase angerufen, Jack?«

»Ja, Sir, vor ungefähr einer Stunde. Unter dem reichlich lahmen Vorwand, wir suchten verzweifelt nach jedem noch so kleinen Hinweis. Ich habe sie gefragt, ob sie sich an irgend etwas Ungewöhnliches erinnern könne, als sie die Kronjuwelen besichtigte.«

»Ihre Antwort?«

»Offen, direkt. Absolut nichts. Sie hat noch mal wiederholt, wie konzentriert sie bei Recherchen ist. Daß sie sich dann weitgehend gegen die Außenwelt abschirmt.«

»Haben Sie in ihrem Ton irgendwelche Anzeichen von Nervosität entdeckt?«

Lynch runzelte die Stirn. »Nervosität nicht, Sir. Gedämpft, würde ich eher sagen. Sie sei mit dem Buch fertig, hat sie gesagt, und jetzt ziemlich erledigt. Sie will den ganzen Tag im Bett bleiben und es durchlesen, dann ihrem Agenten schicken.«

Barnes schlug mit der Faust auf den Schreibtisch, ein Warnsignal für seine Untergebenen, daß sie nun heruntergeputzt würden. »Warum zum Teufel hat Collins uns nicht informiert, daß er den Wagen verläßt? Über Autotelefon hätte das keine dreißig Sekunden gedauert.«

»Vielleicht hatte er diese dreißig Sekunden nicht, Sir.«

»Oder es war ihm vielleicht nicht so wichtig. Verflixt noch mal, Sam war einer unserer besten Leute. Er hat mindestens einem Dutzend Menschen das Leben gerettet, als er sich auf die Bombe stürzte. Die alte Frau, die Judith Chase besucht hat, Jack. Was genau hat sie Ihnen erzählt?«

»Überhaupt nichts, Sir. Nicht ein logisch zusammenhängender Gedanke. Sie kann völlig klar sein, wie mir die Heimleiterin sagte. Dann ist sie wieder tagelang total geistesabwesend. Die einzige Information, die ich bekam, war, daß Mrs. Bloxham unmittelbar nach dem Besuch von Miss Chase der Heimleiterin von zweijährigen Zwillingsschwestern, Sarah und Polly, erzählte, die sie immer Blammy nannten.«

»*Zwillinge!*« Inspector Lynch sprang auf, seine Müdigkeit war verflogen. »Wie Sie wissen, Sir, wurde Judith als

Zweijährige in Salisbury aufgefunden. Auf die Suchmeldungen hat sich nie jemand gemeldet, obwohl es sich hier um ein sehr gut angezogenes, gepflegtes Kind handelte. Ist es denkbar, daß sie versuchte, ihre leiblichen Angehörigen ausfindig zu machen oder es vielleicht schon geschafft hat? Und dabei eine Zwillingsschwester entdeckte?«

Barnes biß sich auf die Unterlippe und strich ungeduldig die Haarsträhnen zurück, die ihm in die Stirn gefallen waren. »Eine Zwillingsschwester, die ihr vielleicht sehr ähnlich sieht und die womöglich Verbindungen zu politisch suspekten Gruppen hat? Das ergäbe einen Sinn. Übermorgen finden die Wahlen statt. Wir müssen dahinterkommen. Judith Chase hat die alte Dame erst vor zwei Tagen ausgefragt. Das hört sich nicht so an, als ob sie schon alles gefunden hat, wonach sie sucht. Folglich können wir nicht voraussetzen, daß sie schon mit Personen aus ihrer Vergangenheit in Verbindung steht. Wenn das nicht der Fall ist — und wenn wir die Betreffenden identifizieren und eine Kontaktaufnahme verhindern können —, dann gelingt es uns vielleicht, sie und Sir Stephen aus der Sache herauszuhalten. Sollte sie jedoch mit ihrer Suche Erfolg gehabt und sich irgendwie mit einer üblen Clique eingelassen haben, so möchte ich das wissen, bevor Sir Stephen Premierminister wird. Jack!«

Sloane erhob sich. »Sir.«

»Gehen Sie noch mal in das Altenpflegeheim. Schnappen Sie sich einen Psychiater und sagen Sie ihm, was Sie in Erfahrung bringen wollen. Vielleicht weiß der einen Weg, Mrs. Bloxham, oder wie sie heißt, zu befragen. Judith Chase hat doch neulich die Hausmeisterin in Kent House ausgequetscht, stimmt's?«

»Ja.«

»Knöpfen Sie sich diese Hausmeisterin noch mal vor. Ferner sind sämtliche Pensionäre im Royal Hospital zu überprüfen. Stellen Sie fest, wer von ihnen gestern abend Besuch hatte, der gegen 20 Uhr 30 gegangen ist. Reden Sie mit diesen Besuchern. Vielleicht hat einer Collins gesehen und die Person, der er dorthin gefolgt ist. Und stellen Sie um Himmels willen sicher, daß Judith Chase auf Schritt und Tritt beschattet wird.«

Das Telefon auf seinem Schreibtisch läutete penetrant. Die Stimme der Sekretärin klang atemlos. »Entschuldigen Sie die Störung. Der Commissioner läßt Ihnen ausrichten, daß Sir Stephen eine Dringlichkeitssitzung anberaumt hat, um sich über den Fortgang der Ermittlungen zu informieren.«

Stephen rief Judith am nächsten Morgen um 9 Uhr an und weckte sie aus tiefem Erschöpfungsschlaf. Sie griff nach dem Hörer, und dann drang seine Stimme an ihr Ohr. Ihr war, als habe sie in warmem, dunklen Wasser geschwommen und versucht, das Ufer zu erreichen.

Sie riß sich zusammen, murmelte seinen Namen, stützte sich plötzlich auf, als er sagte: »Ich sitze im Wagen, Darling, nur zehn Minuten von dir entfernt. Ich bin unterwegs zu einer Sondersitzung bei Scotland Yard. Ich muß zwar direkt zurückfahren, aber wie wär's mit einer Tasse Kaffee für einen Mann, der darauf brennt, dich zu sehen?«

»Wie schön, Stephen! Natürlich kriegst du deinen Kaffee.«

Judith legte auf und sprang aus dem Bett. Im Badezimmerspiegel sah sie, daß sie ganz verquollene Augen hatte. Der kleine Kratzer an der Wange war blutverkrustet. Ein erbärmlicher Anblick, dachte sie. Sie drehte den Hahn für die Brause auf, zog das Nachthemd aus, nahm die Duschhaube und ließ abwechselnd heißes und eiskaltes Wasser über sich rinnen, um die Schlaftrunkenheit abzuschütteln.

Sie deckte den Kratzer mit etwas Make-up-Grundierung ab. Ein Hauch von Rouge kaschierte die Blässe, die ruinierte Frisur ließ sich durch kräftiges Bürsten halbwegs reparieren. Ein Kaftan aus leichter Wolle, lebhaft gemustert mit orangegelben, blauen, violetten und fuchsroten Kringeln auf schwarzem Grund sorgte für Farbe. Sie eilte in die Küche, kochte Kaffee und begann, den kleinen Tisch am Fenster zu decken. Da entdeckte sie etwas auf dem Fußboden und bückte sich danach. Ein Stück Drahtspirale. Wo mochte das herkommen? fragte sie sich und warf es in den Papierkorb. Der Summer der Gegensprechanlage ertönte. »Der Kaffee ist fertig, Sir«, sagte sie. »Beeil dich.«

Sie öffnete ihm, und dann fielen sie sich in die Arme.

Bei Kaffee und Marmeladentoast erzählte ihr Stephen von dem schrecklichen Sprengstoffanschlag im Royal Hospital.

»Ich habe lange gearbeitet und den Fernseher nicht eingeschaltet«, erklärte Judith. »Was für ein krankhaftes Hirn heckt sich eine so bestialische Idee aus, in einem Veteranenheim eine Bombe zu legen, Stephen?«

»Das wissen wir nicht. Gewöhnlich bekennt sich irgendeine Gruppe zu der Tat. Wenn nichts dergleichen erfolgt, ist es oft reine Glückssache, den Schuldigen zu finden. Die Offentlichkeit hat mit heller Empörung reagiert. Sogar der Buckingham Palast hat seine tiefe Betroffenheit bekundet und den Angehörigen der Opfer kondoliert.«

»Wie wird sich das auf die Wahlen auswirken?«

Stephen schüttelte den Kopf. »Darling, es wäre mir zuwider, für den Rest meines Lebens den Gedanken mit mir herumschleppen zu müssen, daß ich ins Amt gekommen bin, weil jemand London in die Luft jagt, aber mein festes Beharren auf der Todesstrafe für Terroristen spielt zweifellos bei der Wahl eine Rolle. Labour wird auch jetzt keinen Sinneswandel vollziehen, und dieses Plädoyer für die unbedingte Erhaltung des Lebens findet wenig Gehör bei einer Bevölkerung, die sich die Frage stellen muß, ob ihre Kinder beim nächsten Schulausflug zu einem Denkmal oder bei einer Mandeloperation im Krankenhaus womöglich von einer Sprengladung getroffen werden.«

Aus den fünf Minuten, die Stephen angeblich bleiben konnte, wurden dreißig.

Beim Abschied sagte er: »Ich glaube wirklich, Judith, daß ich die Wahl gewinne. In dem Fall werde ich in den Buckingham Palast bestellt und von der Königin ersucht, eine neue Regierung zu bilden. Es wäre unpassend, dich zu dieser Audienz mitzunehmen, aber würdest du mit mir hinfahren?«

»Nichts, was ich lieber täte.«

»Da wüßte ich eine ganze Menge, aber es wäre ein guter Auftakt für unser gemeinsames Leben.« Stephen küßte sie noch einmal und wollte gerade die Tür aufmachen, als Judith ihn spontan zurückzog. »Kennst du den uralten

Schlager ›Halt mich fest, laß mich nie mehr fort von dir?‹« fragte sie. Es klang fast traurig.

Eine lange Minute drückte er sie fest an sich, und Judith betete im stillen, daß es so bleiben und nie etwas zwischen sie treten möge.

Als Stephen weg war, schenkte sie sich noch eine Tasse Kaffee ein und ging wieder ins Bett. Ich habe wahrscheinlich irgendein Virus erwischt, beruhigte sie sich. Deshalb fühle ich mich so elend. Unmöglich, daß ich heute wegfahre. Ich bleibe zu Hause und redigiere das Manuskript zu Ende. In dem Zustand möchte ich Polly nicht kennenlernen.

Mittags läutete das Telefon. Dr. Patel erkundigte sich, wann sie nach Beverley fahren wolle.

»Nicht vor morgen«, antwortete Judith. »Ich habe beschlossen, es um einen Tag zu verschieben. Ich glaube, ich habe einen kleinen Infekt, mir tut alles weh. Aber Sie können sich darauf verlassen, ich rufe Sie gleich an, wenn ich sie gesehen habe.«

Reza Patel bemühte sich um einen beiläufigen Tonfall. »Sie sind doch Expertin für das 17. Jahrhundert, Judith. Ist Ihnen bei Ihren Recherchen eine Lady Margaret Carew untergekommen?«

»Natürlich. Faszinierende Person. Hat offenbar ihren Mann überredet, den Hinrichtungsbefehl für Karl I. zu unterzeichnen, ihren einzigen Sohn in einer der großen Schlachten des Bürgerkrieges verloren, dann versucht, Karl II. nach seiner Rückkehr an die Macht zu ermorden. Er war so fuchsteufelswild, daß er gegen seine sonstigen Gepflogenheiten ihrer Hinrichtung beiwohnte.«

»Wissen Sie das Datum?«

»Das habe ich irgendwo notiert. Wieso fragen Sie?«

Diese Frage hatte Patel erwartet. »Erinnern Sie sich an unsere Begegnung in der Portrait Gallery? Ein Freund von mir war ebenfalls dort und meinte, Lady Margaret auf einem Gruppenbild zu erkennen. Zumindest hat sie starke Ähnlichkeit mit der Frau, die von seinem Zweig der Familie strikt abgelehnt wurde. Er ist einfach neugierig.«

»Ich werde meine Notizen durchsehen. Aber vielleicht sollte er sie lieber vergessen. Lady Margaret war ein großes Problem.«

Nachdem sie aufgelegt hatten, wandte sich Patel an Rebecca. »Ich weiß, das war riskant, aber die einzige Hoffnung für Judith besteht darin, sie in die Todesstunde von Lady Margaret zurückzuversetzen. Wenn ich das tun will, muß ich das genaue Datum kennen. Judith hat keinerlei Verdacht geschöpft.«

Rebecca Wadley fühlte sich bereits als Dauerbesetzung für die Rolle der Kassandra. »Morgen um diese Zeit ist Judith vielleicht absolut sicher, nicht nur eine lebende Verwandte, sondern eine Zwillingsschwester gefunden zu haben, ganz gleich, ob sie sich ihr zu erkennen gibt oder nicht. Aus welchem Grund sollte sie sich dann noch hypnotisieren lassen? Haben Sie etwa vor, ihr die Wahrheit zu sagen?«

»Nein!« explodierte Patel. »Selbstverständlich nicht. Sehen Sie denn nicht, was das für Judith Chase heißen würde? Sie würde sich moralisch verantwortlich fühlen, egal, was ich ihr erzählt habe. Ich muß einen Weg finden, sie zurückzuversetzen, ohne daß sie den Grund kennt.«

Auf Rebeccas Schreibtisch lagen die aufgeschlagenen Morgenzeitungen. Sie waren voll mit Fotos von dem Blutbad im Royal Hospital. »Tun Sie's lieber schnell«, drängte sie Patel. »Ob es Ihnen nun paßt oder nicht, Sie leisten jetzt einer Mörderin Beihilfe, Sie decken sie.«

Der im Bett verbrachte Tag half Judith nichts. Beim gründlichen Durchlesen ihres Manuskriptes konnte sie ein paar kleine Tippfehler und Wiederholungen korrigieren — und sich außerdem klar darüber werden, daß es zum einen ihr bisher bestes Buch war und zum anderen weitaus tendenziöser gegenüber Karl I. und Karl II., als sie es je beabsichtigt hatte. Ich habe mich für die Sache des Parlaments stark gemacht, dachte sie, wenn ich das jetzt ändern wollte, müßte ich das ganze Buch umschreiben. Irgendwie spürte sie nichts von dem Wohlgefühl und der Erleichterung, die sonst immer den Abschluß eines Buches begleiteten.

Auch in dieser Nacht litt sie unter Schlafstörungen, so daß sie um fünf Uhr früh kapitulierte und wach in Lady Ardsleys Prachtbett lag. Was ist bloß los mit mir? fragte sie sich. Als ich vor sechs Monaten nach England kam, hatte ich keinen Menschen, der zu mir gehörte. Jetzt werde ich den Mann heiraten, den ich liebe, und heute meine Zwillingsschwester kennenlernen. Warum weine ich? Mit einer ungeduldigen Bewegung wischte sie sich die Tränen aus den Augen.

Um 6 Uhr 30 stand sie auf, um sich für die Fahrt nach Beverley fertigzumachen. Sie wollte den 8-Uhr-Zug nehmen. Es sind nur die Nerven, sagte sie sich, als sie duschte und sich anzog. Ich möchte Polly unbedingt sehen und habe zugleich Angst davor.

Flüchtig schoß ihr der Gedanke durch den Kopf, daß es ratsam sein könnte, ihr neues Cape zu tragen, weil die Kapuze das Gesicht großenteils verdeckte, aber aus irgendeinem Grund war ihr die Vorstellung unangenehm. Statt dessen holte sie den alten Burberry heraus und fischte in der Schublade nach einem weichen, breiten Schal, den sie sich um den Kopf band. Die extra große dunkle Brille und das Kopftuch genügten, sie unkenntlich zu machen für den Fall, daß sie und Polly sich sehr ähnlich sahen.

Auf dem Weg zum Bahnhof ließ sie ihr Manuskript fotokopieren und schickte das Original mit einem kurzen Brief an ihren Agenten in New York. Dann ging sie nach Kings Cross zum Zug.

Bildete sie sich das nur ein, daß sie sich jetzt deutlich an den Augenblick erinnerte, in dem die Bomben fielen? Ihre Hand, die nach der ihrer Mutter suchte, Pollys Schreien, die Dunkelheit, das hastige Fußgetrappel und sie hinterher, schluchzend bei dem Gedanken, ihre Mutter habe sie im Stich gelassen. Als sie den Zug bestieg, konnte sie nachempfinden, wie hoch das Trittbrett für eine Zweijährige gewesen sein mußte. An ihrem Fensterplatz erinnerte sie sich — oder meinte, sich zu erinnern —, wie der Zug geruckelt hatte, als er Waterloo Station verließ. Sie konnte den Sack förmlich spüren, auf dem sie gelegen hatte, steif und fest. Postsäcke, dachte sie, bis oben hin vollgestopft, mit einer Kordel verschnürt. Sie war so in diese Erinnerungen vertieft, daß sie den Vierziger mit dem hageren Gesicht, der einen Platz hinter ihr auf der anderen Gangseite saß, weder bemerkte noch auf die Idee kam, daß Inspector David Lynch, hinter der Morgenzeitung verschanzt, sie nicht aus den Augen ließ.

In Scotland Yard hatte es ebenfalls einen Durchbruch gegeben. Bei seinem Besuch im Altenpflegeheim hatte Commander Sloane diesmal bei Mrs. Bloxham ein völlig klares Erinnerungsvermögen vorgefunden. Ihre Stimme zitterte vor Bewegung, als sie ihm von den bildhübschen Zwillingsschwestern erzählte, die mit ihrer verwitweten Mutter nebenan gewohnt hatten; von dem Raketenangriff, bei dem Elaine Parrish umkam, als sie ihre kleinen Töchter aufs Land bringen wollte; von der kleinen Sarah, deren Leiche man nie gefunden hatte; von Polly, die in Beverley in Yorkshire eine eigene Buchhandlung hatte. Im Büro wurde dann seine Begeisterung über diese Informationen durch die Nachricht gedämpft, daß Judith nach Yorkshire unterwegs war und von Inspector Lynch beschattet wurde. »Ich wünschte, wir hätten Gelegenheit, Nachforschungen über Polly Parrish anzustellen, bevor Miss Chase sich zu erkennen gibt, sofern sie das vorhat«, machte er bei Commander Barnes seinem Herzen Luft.

Es gab noch einen Lichtblick, wenn man es denn so nennen konnte, erfuhr Sloane. Die Besucherbefragung hatte Resultate gebracht. Ein Mann, der um 20 Uhr 20 gegangen war, hatte einer Frau im dunkelgrünen Cape die Tür aufgehalten, die an ihm vorbeifegte, ohne auch nur zu nicken. Er erinnerte sich, an ihrer Hand eine auffallend rote Narbe bemerkt zu haben. Ein paar Schritte hinter ihr konnte sich ein stämmiger Mann gerade noch durch die Tür quetschen. »Da haben wir also wieder die

Lady mit der Narbe und dem Cape«, sagte Barnes. »Morgen bringen wir Judith Chase her zur Befragung.«

»Mit welcher Begründung?« erkundigte sich Sloane.

»Wir erzählen ihr, daß die Person, nach der wir fahnden, offenbar starke Ähnlichkeit mit ihr hat, und daß wir wissen möchten, ob sie leibliche Verwandte ausfindig gemacht hat. Außerdem werden wir sie fragen, ob sie eine Frau namens Margaret Carew kennt.«

»Und wenn ja?«

»Morgen sind die Wahlen. Wir warnen Sir Stephen, sich von ihr fernzuhalten. Sollte natürlich eine Zeitung von der Beziehung der beiden Wind bekommen haben, und die Sache ausschlachten, müßte er trotzdem den Parteivorsitz niederlegen, und das heißt, jemand anderer wird Premierminister.«

»Verdammt schade, für ihn und für das Land!« platzte Sloane heraus.

»Viel schlimmer, wenn die Dame im Cape, wer immer sie sein mag, weiter ihr Unwesen treibt und mit ihm in Verbindung gebracht wird.«

Die Reise dauerte drei Stunden. Judith stieg in Hull um. Von dort war es nur noch eine kurze Fahrt bis Beverley. Als sie über den Marktplatz ging, nahm sie die herrlichen Sakralbauten kaum wahr. Ein Polizist wies ihr den Weg zur Queen Mary Lane, eine schmale Nebenstraße, in der sich die Buchhandlung Parrish befand. Es wehte ein leichter, aber scharfer Wind. Sie zog das Kopftuch ins Gesicht und stellte den Mantelkragen hoch. Sie trug bereits die überdimensionale dunkle Brille. Sie kam an einer Apotheke, einer Obst- und Gemüsehandlung, einem Blumengeschäft vorbei. Dann sah sie das Schild. Parrish Pages. Sie war bei der Buchhandlung angelangt.

Judith öffnete die Tür und hörte das leise Klingeln der Ladenglocke. Eine junge Frau mit freundlichem Gesicht und riesiger runder Brille stand hinter der Kasse. Sie blickte auf, lächelte, bediente dann weiter.

Dankbar registrierte Judith, daß mindestens ein halbes Dutzend Leute in den Regalen herumstöberte. Das gab ihr Zeit, sich umzusehen.

Ein langer, ziemlich schmaler Raum, in dem jeder Zentimeter ausgenutzt war und trotzdem die anheimelnde Atmosphäre einer Privatbibliothek gewahrt blieb. Der rückwärtige Teil war als Wohnzimmer eingerichtet, mit einem alten Ledersofa, einem riesigen samtbezogenen Sessel und Beistelltischchen mit Leselampen. An einem schweren Eichenschreibtisch arbeitete eine Frau — beim Anblick ihres Profils meinte Judith in den Spiegel zu schauen. Ihr Herz begann zu jagen, und sie spürte, wie ihre Hände klamm wurden. Polly! Das mußte Polly sein.

»Suchen Sie ein bestimmtes Buch?« Das war die junge Frau von der Kasse.

Judith schluckte. Sie hatte einen Kloß im Hals. »Ich stöbere nur ein bißchen herum, aber ich finde bestimmt etwas Passendes. Ein zauberhafter Laden.«

»Dann sind Sie bestimmt zum erstenmal hier?« Sie lächelte. »Parrish Pages ist berühmt. Die Kunden kommen von weit her. Haben Sie schon mal von Miss Parrish gehört?«

Judith schüttelte den Kopf.

»Sie ist sehr bekannt als Vortragskünstlerin. Sie erzählt

Märchen und Geschichten, überall reißt man sich um sie, aber sie hat lieber ihre eigene Sendung hier im Funk, jeden Sonntag und in der Woche zwei Stunden für Kinder. Das ist viel einfacher als dauernd herumzureisen. Sie sitzt drüben am Schreibtisch. Möchten Sie sie kennenlernen?«

»Ach, ich weiß nicht recht. Ich möchte sie nicht stören.«

»Das ist doch keine Störung, im Gegenteil. Miß Parrish freut sich, wenn sie neue Gäste begrüßen kann.«

Im Handumdrehen hatte sie Judith nach hinten gebracht. Sie stand jetzt vor dem Schreibtisch. Polly blickte auf, Judith schlug das Herz bis zum Hals.

Polly war ein paar Pfund gewichtiger als sie. Das dunkelbraune Haar war stark silbergrau meliert. Ihr Gesicht, ohne jedes Make-up, strahlte viel Kraft und Wärme aus, es wirkte ungemein natürlich und doch zugleich attraktiv.

»Wir haben hier eine Erstbesucherin, Miss Parrish«, verkündete die Angestellte.

Polly Parrish lächelte und streckte Judith die Hand hin. »Wie reizend von Ihnen, mal bei uns hereinzuschauen.«

Judith reichte ihr die Hand und realisierte, daß sie körperlichen Kontakt mit ihrer Zwillingsschwester aufnahm. »Ich bin ... ich bin Judith Kurner.« Instinktiv benutzte sie ihren Ehenamen. Polly, dachte sie, Polly. Sekundenlang lag es ihr auf der Zunge zu sagen: »*Ich bin's, Sarah*«, aber sie wußte, daß sie damit noch warten mußte. Polly war eine bekannte Vortragskünstlerin. Sie hatte ihre eigene Sendung und diese bezaubernde Buchhandlung. Ach, Stephen, dachte sie, *diese* Verwandte brauchen wir nicht zu verstecken!

Inspector Lynch beobachtete die Szene aus einer Ecke. Er spitzte die Lippen, als wolle er pfeifen. Bis auf das Haar sah die Frau haargenau wie Judith Chase aus. Gefärbt oder mit einer dunklen Perücke wäre Polly Parrish ein Spiegelbild von Judith Chase. Wäre es nicht ein Geschenk des Himmels, wenn sie Polly Parrish bei einer Überprüfung mit einer terroristischen Vereinigung in Verbindung bringen könnten? Ihm war sofort klar, daß Judith sich nicht zu erkennen geben würde. Sie will sie sich gründlich anschauen, dachte er. Deshalb das Kopftuch und die dunkle Brille. Wie gut, daß sie so vernünftig ist.

Lynch wußte, daß er Judith Chase unbedingt von jedem Verdacht, die Frau mit dem Cape zu sein, reinwaschen wollte.

Nachdem er ihre Bücher und das von Scotland Yard über sie zusammengetragene Dossier gelesen hatte, empfand er Sympathie und Bewunderung für sie. Er mußte sich selbst ermahnen, streng objektiv zu bleiben. Dann runzelte er die Stirn.

Im gleichen Augenblick, in dem Judith es sah, erfaßte er, daß Polly Parrish in einem Rollstuhl saß.

Judith kam kurz vor 18 Uhr nach Hause zurück. Nach dem Besuch bei Polly hatte sie in einem kleinen Lokal um die Ecke Tee getrunken. Die irische Kellnerin war mit einem Redeschwall auf ihre geschickten, scheinbar beiläufigen Fragen eingegangen. Polly Parrish war hier in Beverley aufgewachsen. Eine reizende Familie nahm sie zu sich, als sie endlich aus dem Krankenhaus entlassen wurde. Bei dem Raketenangriff, in dem ihre Mutter und Schwester geötet wurden, hat sie sich die Wirbelsäule gebrochen. Sie lebte allein, in einem allerliebsten Häuschen, nur ein paar Kilometer entfernt. Mehrere Zeitschriften und Zeitungen haben sie lobend erwähnt. Und wenn sie eine Geschichte erzählt, dann sitzen die Leute, vom Baby bis zum Tattergreis, mucksmäuschenstill da und verschlingen jedes Wort von ihr. »Ich sag Ihnen, Miß, das ist die reine Zauberei.«

»Erzählt sie alte Sagen oder denkt sie sich selber Geschichten aus?« brachte Judith mühsam heraus; ihre Kehle war wie zugeschnürt.

»Beides.« Dann hatte die Kellnerin ihren Bericht unterbrochen und nachdenklich festgestellt: »Wissen Sie, ich werd einfach den Gedanken nicht los, daß sie einsam ist, haben Sie das denn nicht gemerkt? Freunde jede Menge, aber niemand, der wirklich zu ihr gehört.«

Aber jetzt hat sie einen Menschen, der endlich zu ihr gehört, dachte Judith, als sie den Mantel aufhängte. Sie hat *mich!*

Auf der Rückfahrt tauchten weitere Erinnerungsfetzen auf. Polly und sie beim Spielen in der Wohnung im Kent House. Wir hatten die gleichen Korbpuppenwagen, fiel Judith ein. Meiner hatte ein gelbes Verdeck, der von Polly ein hellrotes.

Am folgenden Tag fanden die Wahlen statt. Auf dem Bahnhof hatte sie die führenden Zeitungen gekauft. Alle sagten einen Sieg der Konservativen voraus. Wie sämtliche Meinungsumfragen zeigten, kam der Ruf der Labour Party nach einem Regierungswechsel beim Durchschnittswähler nicht an, den der Terrorismus zutiefst beunruhigte, so daß Sir Stephen Halletts Forderung nach Wiedereinführung der Todesstrafe viele waschechte Labour-Anhänger veranlassen würde, gegen die Parteilinie und für ihn zu stimmen.

Das Buch war abgeschlossen. Sie hatte Polly gefunden. Morgen würden die Konservativen die Wahl gewinnen, und tags darauf würde Stephen Premierminister. Wie war es möglich, daß sie nicht vor Freude außer sich geriet, fragte sich Judith. Warum fühlte sie sich so unendlich traurig, so ohne jede Hoffnung?

Typische Streßreaktionen, befand sie, als sie sich Salat und ein Omelett zubereitete. Sie saß am Küchentisch, las beim Essen die Zeitungen und dachte daran, daß sie tags zuvor zusammen mit Stephen auf der schmalen Bank gehockt hatte.

Sie konnte die Wärme spüren, wenn seine Schulter die ihre streifte, seine Hand auf der ihren lag, während sie Kaffee tranken. In ein paar Tagen würde sie sich öffentlich an seiner Seite zeigen. Sobald die Wahl hinter ihm lag, bestand kein Grund mehr für Heimlichkeiten. Lächelnd goß sie sich aus der runden Porzellankanne eine Tasse Tee ein — Harley Hutchinson, dieser lästige Klatschkolumnist, würde sich vermutlich damit brüsten, er habe von Anfang an genau Bescheid gewußt über ihre Beziehung.

Sie wusch erst noch das bißchen Geschirr ab und räumte es weg, bevor sie ins Arbeitszimmer ging und die Nachricht auf ihrem Anrufbeantworter entdeckte. Commander Jack Sloane von Scotland Yard würde es sehr begrüßen, wenn sie am nächsten Vormittag dort vorbeikommen könnte. Würde sie bitte anrufen, um den genauen Termin zu vereinbaren?

Um 11 Uhr am Wahltag befand sich Sloane im Büro von Deputy Assistand Commissioner Barnes. Beide erörterten sachlich und nüchtern die Lage.

»Eine heikle Geschichte«, gab Barnes zu. »Ich bin nicht bereit, Miß Chase zu sagen, daß es sich um eine Untersuchung handelt. Laut Lynch könnte Polly Parrish, die Schwester, ohne die grauen Strähnen glatt eine Doppelgängerin sein, wie geklont. Haben Sie die Geburtenregister durchforsten lassen und sich die Personalakte der Royal Air Force über den Vater angesehen?«

Sloane nickte. »Es gab sonst keine Geschwister.«

»Das schließt nicht aus, daß vielleicht eine Kusine oder eine völlig Fremde existiert, die Miss Chase täuschend ähnlich sieht. Wir haben nur den einen direkten Anhaltspunkt, daß Collins Judith Chase beschattet hat und sich im Royal Hospital befand, als der Sprengkörper explodierte. Wissen Sie, wie ein Anwalt mit dieser Art von Beweisführung verfahren würde? Er würde ein halbes Dutzend Doppelgängerinnen von der Chase auftreiben, und der Fall wäre gestorben.«

»Und in der Zwischenzeit hätten wir den Ruf von Miss Chase zerstört.«

»Genau.«

»Diese Narbe, die Watkins und der Zeuge aus dem Royal Hospital erwähnten — besteht eventuell die Möglichkeit, daß es sich um einen Humbug handelt, daß sie sich die auf die Hand malt, als eine Art Symbol für irgendwelche schwarze Magie?«

»Dazu wurde Watkins in die Zange genommen. Er behauptet, sie aus nächster Nähe betrachtet und betastet zu haben. Offenbar habe sich niemand die Mühe gemacht, sie ordentlich zu vernähen, die Haut sei wie Leder, rissig und verschrumpelt. Zum Beweis berichtete er, daß er sie im Bett gebeten haben, ihm damit über den Rücken zu streichen, das sei ein toller Lustgewinn gewesen.«

Jack Sloane war sichtlich angeekelt. »Judith Chase gehört nicht zu der Sorte von Frauen, die mit einem solchen Mistkerl ins Bett gehen.«

»Wir wissen nicht, wer Judith Chase ist«, entgegnete Barnes scharf. »Höchste Zeit, das herauszufinden. Sie haben sie um elf herbestellt, stimmt's?«

»Ja, Sir. Jetzt ist's gerade elf.«

Sloane hoffte, daß Judith den Deputy Assistant Commissioner nicht warten lassen würd; Barnes schätzte Pünktlichkeit über alles. Er brauchte sich keine Sorgen zu machen. In dem Moment meldete die Sekretärin Judith an.

Das vage Unbehagen der letzten zwei Tage hatte Judith veranlaßt, sich sorgfältig anzuziehen. Es lag ein Hauch von Frühling in der Luft, und sie trug ein erstklassig geschnittenes fuchsrotes Straßenkostüm mit schmalem Rock und loser Jacke, um den Hals einen schwarz und fuchsrot gemusterten Schal, am Revers eine goldene Anstecknadel, die an ein Einhorn erinnerte. Ihre schmale Schultertasche aus schwarzem Kalbsleder stammte von Gucci und paßte zu den eleganten Laufschuhen. Das Haar fiel weich und locker um ihr Gesicht, dessen perfekt aufgetragenes Make-up die ins Veilchenblau spielende Augenfarbe voll zur Wirkung brachte.

Bei ihrem Anblick dachten die beiden Männer spontan, daß sie von Erscheinung und Auftreten her geradezu prädestiniert war, Frau des Premierministers zu werden.

Judith reichte Commissioner Barnes die Hand. Als er sie ergriff, betrachtete er sie rasch. Keinerlei Narbe. Allerhöchstens schwache Spuren einer uralten Verletzung, aber mehr nicht. Mit Sicherheit keine rissige oder verfärbte Haut. Er empfand tiefe Erleichterung — er wollte diese Frau einfach nicht als Schuldige.

Commander Sloane beobachtete diese genaue Prüfung von Judiths Hand. Wenigstens diesen Punkt haben wir ausgeräumt, dachte er.

Barnes kam direkt zur Sache. Ihr einziger stichhaltiger Hinweis war, daß ein Bauarbeiter Sprengstoff beschafft hatte für eine Frau, die sich Margaret Carew nannte und offenbar eine starke Ähnlichkeit mit Judith besaß. »Kennen Sie zufällig eine Person dieses Namens?«

»Margaret Carew!« rief Judith. »Sie lebte im 17. Jahrhundert. Ich bin bei meinen Recherchen auf sie gestoßen.«

Beide lächelten. »Das hilft uns nicht viel weiter«, meinte Barnes. »Es gibt weitere zehn im Londoner Telefonbuch, drei in Worcester, zwei in Bath, sechs in Wales. Ein gängiger Name. Miß Chase, war am Dienstag abend irgend jemand bei Ihnen?«

»Letzten Dienstagabend? Nein. Ich war beim Friseur, habe dann in einem Pub zu Abend gegessen und bin von dort direkt nach Hause gegangen, um mich an die Schlußredaktion meines Buches zu machen. Das Manuskript habe ich gerade abgeschickt. Warum fragen Sie?«

Judith spürte, wie ihr an den Handflächen der kalte

Schweiß ausbrach. Man hatte sie nicht hergebeten, nur weil sie am Tag der Explosion im Tower gewesen war.

»Sie haben Ihre Wohnung nicht verlassen?«

»Ganz bestimmt nicht. Was unterstellen Sie mir, Commissioner?«

»Ich unterstelle gar nichts, Miß Chase. Der Bauarbeiter, der unserer Überzeugung nach der Frau, die sich Margaret Carew nannte und die Bomben gelegt hat, den Sprengstoff gab, sah Ihr Bild auf der Rückseite Ihres Buches und sagte aus, daß zwischen dieser Margaret Carew und Ihnen eine große Ähnlichkeit besteht. Er betonte ausdrücklich, daß nicht Sie es waren, mit der er zu tun gehabt hatte. Diese Frau hat nämlich eine Narbe an der Hand. Der Aufseher im Tower schien kurz vor seinem Tod sagen zu wollen, Sie seien zurückgekommen, also haben wir auch hier eine Frau, die offenbar Ähnlichkeit mit Ihnen hat. Schließlich haben wir Schnappschüsse von dem Sprengstoffanschlag auf das Reiterstandbild, und auf einem ist eine Frau mit Cape und dunkler Brille zu erkennen, als sie das Päckchen mit der Bombe am Sockel plaziert, und auch die sieht Ihnen ähnlich. Diese Aufnahme wurde vielfach vergrößert, und die Narbe ist deutlich sichtbar. Die Kernfrage lautet — es gibt eine Person, die starke Ähnlichkeit mit Ihnen hat und diese Wahnsinnstaten begeht. Haben Sie irgendeine Idee, wer sie sein könnte?«

Sie wissen von Polly, dachte Judith. Dessen war sie ganz sicher. Ich bin überwacht worden. »Sie meinen eine Person, die meine Zwillingsschwester sein könnte, nur daß die gelähmt ist? Wie lange wurde ich beschattet?«

Barnes antwortete mit einer Gegenfrage. »Miß Chase,

hatten Sie Kontakt mit irgendwelchen anderen leiblichen Angehörigen, insbesondere einer, die starke Ähnlichkeit mit Ihnen hat?«

Judith stand auf. Die Narbe, dachte sie, die Narbe. Lady Margaret Carew. Die zeitweise Amnesie, von der sie Patel erzählt hatte. »Sir Stephen war vor ein paar Tagen hier zu einer Dringlichkeitssitzung über den Stand der Ermittlungen. Ist mein Name gefallen?«

»Nein.«

»Weshalb nicht? Er hätte doch wohl über Ihre Besorgnisse unterrichtet werden müssen.«

Sloane antwortete anstelle von Barnes. »Miß Chase, selbst bei Konferenzen auf höchster Ebene sickert etwas an die Presse durch. Um Ihretwillen, um Sir Stephens willen möchten wir unbedingt vermeiden, daß Ihr Name in dieser Angelegenheit auch nur einmal auftaucht, und sei es hinter vorgehaltener Hand. Doch Sie können uns helfen. Sie haben ein dunkelgrünes Cape?«

»Ja. Ich trage es nicht oft. Offen gesagt, das Modell, das ich bei Harrods gekauft habe, ist so oft kopiert worden, daß anscheinend die Hälfte aller Frauen in London diesen Winter damit herumläuft.«

»Das wissen wir. Sie haben Ihres nie verliehen?«

»Nein. Wünschen Sie sonst noch etwas von mir?«

»Nein«, erwiderte Barnes. »Bitte, Miss Chase, darf ich betonen . . .?«

»Bemühen Sie sich nicht.« Mit größter Willensanstrengung gelang es Judith, ihre Stimme zu beherrschen.

Stumm hielt Jack ihr die Tür auf. Als er sie hinter ihr geschlossen hatte, schaute er seinen Chef an. »Sie wurde geisterhaft bleich unter dem Make-up, als ich die Narbe erwähnte«, kommentierte Barnes. »Lassen Sie sofort ihr Telefon anzapfen.«

Nach ihrer Rückkehr rief Judith in Patels Praxis an. Es meldete sich niemand.

Der Auftragsdienst teilte ihr mit, Dr. Patel und Rebecca Wadley seien bei einem zweitägigen Seminar in Moskau und würden frühestens am späten Abend zurückfragen.

»Er möchte mich bitte anrufen, egal, wann er sich bei Ihnen meldet«, bat Judith.

Sie stellte den Fernseher an und saß regungslos davor. Eine Sequenz zeigte Stephen bei der Stimmabgabe in seinem Wahlkreis. Die Müdigkeit war ihm deutlich vom Gesicht abzulesen, doch die Augen blickten zuversichtlich. Eine Sekunde lang schaute er direkt in die Kamera, und es schien Judith, als sehe er sie an. Mein Gott, dachte sie, ich liebe ihn so.

Sie ging zum Schreibtisch und verglich die Daten der Sprengstoffanschläge minutiös mit ihrem Terminkalender. Mit wachsender Verzweiflung stellte sie fest, daß die Explosionen zeitlich zusammenfielen mit den Phasen, in denen sie entweder am Schreibtisch eingeschlafen war oder nicht bemerkt hatte, wie viele Stunden über der Arbeit verstrichen waren.

In der Woche vor Beginn der Anschläge hatte sie Anfälle von Gedächtnisverlust gehabt und Dr. Patel davon berichtet. Weshalb wohl hatte Patel sie nach dem genauen Todesdatum von Margaret Carew gefragt? Und wieso war die Narbe an ihrer Hand plötzlich flammendrot geworden?

Sie kehrte an den Fernseher zurück und wartete begierig darauf, daß Stephen ins Bild kam. Sie sehnte sich danach, bei ihm zu sein und in seinen Armen zu liegen. »Ich brauche dich, Stephen«, sagte sie laut. »Ich brauche dich.«

Um 15 Uhr rief er an, jubelte förmlich. »Man soll zwar den Tag nicht vor dem Abend loben, Darling, aber es spricht alles dafür, daß wir's geschafft haben.«

»*Du* hast es geschafft.« Irgendwie gelang es ihr doch, aufgeregt und glücklich zu klingen. »Wann weißt du's genau?«

»Die Wahllokale schließen erst um 21 Uhr, und die ersten Ergebnisse sind kurz vor Mitternacht zu erwarten. Der allgemeine Trend wird sich in den frühen Morgenstunden abzeichnen. Die Medien sagen einen erdrutschartigen Sieg für uns voraus, aber wir alle wissen ja, daß Niederlagen nie ausgeschlossen werden können. Ach, Judith, ich wünschte, du wärst jetzt bei mir. Das würde das Warten leichter machen.«

»Ich verstehe dich.« Judith umklammerte den Hörer, als sie merkte, daß ihre Stimme zu schwanken begann. »Ich liebe dich, Stephen. Auf Wiedersehen, Darling.«

Sie ging ins Schlafzimmer, zog ein warmes Nachthemd und einen Flanellmorgenrock an und legte sich zu Bett. Sie fest sie sich auch in die Decken einwickelte, der Schüttelfrost hörte nicht auf. Tiefste Verzweiflung machte ihren Körper steif und schwer. Selbst eine Tasse Tee zu kochen war viel zu anstrengend. Stunde um Stunde lag sie da, starrte an die Decke, bemerkte nicht, daß es dunkel wurde.

Am nächsten Morgen um 6 Uhr rief Dr. Patel sie aus Moskau an. »Ist etwas nicht in Ordnung?«

Die Frage nahm ihr den Rest von Selbstbeherrschung. »Das wissen Sie doch genau. Was haben Sie mit mir gemacht?« schrie sie. »Was haben Sie mit mir gemacht, während ich in Hypnose war? Warum haben Sie mich nach Margaret Carew gefragt?«

Patel unterbrach sie. »Judith, ich trete gleich den Heimflug an. Kommen Sie um 14 Uhr in die Praxis. Sie müssen das genaue Todesdatum von Margaret Carew bei sich haben. Kennen Sie es?«

»Ja, aber wozu? Ich will wissen — *wozu?*«

»Es hängt mit dem Anastasia-Syndrom zusammen.«

Judith legte auf und schloß die Augen. *Das Anastasia-Syndrom*. Nein, dachte sie. Das ist unmöglich.

Sie zwang sich, aufzustehen, duschte, zog einen dicken Pullover und Hosen an, machte sich Tee und Toast und schaltete den Fernseher an.

Kurz vor Mittag gab Labour die Niederlage zu. Mit vor Schmerz brennenden Augen sah sie Stephen in der County Hall als Wahlsieger seine Ansprache halten. Er dankte seinen Wahlhelfern und seinen Gegnern für einen fairen Wahlkampf und erhielt stürmischen Beifall. Von dort wurde er nach Edge Barton gefahren, wo ihn eine Schar von Gratulanten erwartete. Er stand auf den Stufen, händeschüttelnd, lächelnd.

Judiths Blick war nun starr auf ihn gerichtet, auf das schöne Haus, das sie sich wieder als Heim auserkoren hatte.

Wieder? fragte sie sich.

Stephen winkte der Menge ein letztes Mal zu und verschwand in Edge Barton. Gleich darauf hörte Judith das Telefon läuten. Sie wußte, das war Stephen. Mit gewaltiger Anstrengung schaffte sie es abermals, froh und aufgeregt zu klingen. »Ich wußte es, ich wußte es, ich wußte es!« rief sie. »Ich gratuliere, Darling.«

»Ich fahre jetzt nach London. Um 16 Uhr 30 mache ich der Königin meine Aufwarung. Rory wird dich um 15 Uhr 45 abholen und zu mir bringen. Dann haben wir ein paar Minuten für uns, bevor wir zum Buckingham Palace müssen. Ich wünschte nur, ich könnte dich mitnehmen, aber das wäre nicht die passende Gelegenheit. Wir gehen übers Wochenende nach Edge Barton und geben dann unsere Verlobung bekannt. Ach, Judith, endlich, endlich ist es soweit.«

Tränen strömten ihr über die Wangen, ihre Stimme brach, doch Judith gelang es, Stephen zu überzeugen, daß sie vor Freude weinte.

Als sie den Hörer auflegte, begann sie, die Wohnung zu durchsuchen.

In Scotland Yard hörten sich Commissioner Barnes und Commander Sloane die Bandaufzeichnung des Gesprächs zwischen Judith und Dr. Patel bereits zum zehntenmal an.

Barnes lauschte voll Erstaunen, als Sloane ihm Patels Theorie des Anastasia- Syndroms erklärte. »Menschen aus anderen Epochen zurückbringen? Was ist denn das für ein Blödsinn? Aber ist es möglich, daß er Judith Chase hypnotisiert und ihr diese Sprengstoffanschläge suggeriert hat? Wir werden uns mal ein bißchen mit ihm unterhalten, bevor Miss Chase dort erscheint.«

Judith sah erbarmungswürdig aus, als sie in Dr. Patels Praxis eintraf. Aschfahle Lippen. Lodernde Augen in einem totenblassen Gesicht. Über dem Arm trug sie das dunkelgrüne Cape, in der Hand eine ausgebeulte Einkaufstasche.

Sie wußte nicht, daß Commissioner Barnes und Commander Sloane sie hinter dem Spionspiegel im Labor beobachteten und mithörten.

»Ich konnte letzte Nacht nicht schlafen«, berichtete sie Dr. Patel. »Immer wieder bin ich alles durchgegangen, was ungewöhnlich erschien. Wissen Sie was? Ich hatte mich geärgert, weil die Türen des für Lady Ardsley reservierten Kleiderschranks dauernd aufsprangen. Das haben sie aber nicht von allein getan. Jemand hat sie geöffnet. *Ich* war das. Das hier ist mein Cape. Meines Wissens habe ich es höchstens ein- bis zweimal getragen, und das nur bei gutem Wetter, aber der Saum ist von Schmutz verkrustet. Die Stiefel, die ich dazu trage, sind völlig verschmutzt.« Sie warf beides auf einen Sessel. »Und schauen Sie sich das hier an — Sprengpulver, Drähte. Mit dem Zeug könnte man mühelos selber eine Bombe zusammenbasteln.« Behutsam legte sie das Päckchen auf den antiken Tisch mit dem passenden Spiegel neben der Tür. »Ich habe Angst, dem Ding zu nahe zu kommen. Aber wozu habe ich das alles? *Was haben Sie nur mit mir gemacht?*«

»Setzen Sie sich, Judith«, befahl Patel. »Ich habe Ihnen neulich nicht das komplette Videoband von Ihrer Hypnose gezeigt. Wenn Sie es jetzt sehen, werden Sie das Ganze besser verstehen.«

Im Labor beobachtete Rebecca Wadley die beiden Beamten, die mit ungläubiger Miene die Videoaufzeichnung von Judiths Hypnose verfolgten.

»Bis hierher habe ich es Ihnen schon vorgeführt. Nun kommt der Rest«, erklärte Patel.

Fassungslos nahm Judith wahr, was der Film zeigte — die jähe Veränderung in ihrem Verhalten, ihr verzweifelter Aufschrei, ihr sich windender Körper auf der Couch.

»Ich habe Ihnen eine zu hohe Dosis injiziert. Das hat Sie in die Epoche zurückversetzt, die Ihr Denken absorbiert hatte. Sie haben den Beweis für meine Theorie erbracht, Judith. Es ist möglich, eine Persönlichkeit aus der Vergangenheit zurückzuholen, sie präsent zu machen, aber diese Fähigkeit darf niemals benutzt werden. Wann starb Lady Margaret Carew?«

Das kann doch mir nicht geschehen, dachte Judith. Ausgeschlossen, nicht mir... »Sie wurde am 10. Dezember 1660 enthauptet.«

»Ich werde Sie jetzt wieder in diesen Augenblick zurückversetzen. Sie haben die Hinrichtung beobachtet. Diesmal wenden Sie sich ab. Schauen Sie nicht zu. Sehen Sie Lady Margaret nicht ins Gesicht. Blickkontakt wäre überaus gefährlich. Lassen Sie sie sterben, Judith. Machen Sie sich frei von ihr.«

Patel drückte auf den Knopf an seinem Schreibtisch, und Rebecca brachte aus dem Labor ein Tablett mit der Injektionsspritze und dem Fläschchen Litencum.

Sloane und Barnes beobachten alles hinter dem Spionspiegel, beide vollauf damit beschäftigt, über den komplexen Vorgang mit all seinen Verästelungen nachzudenken.

Diesmal verabreichte Patel sofort die Höchstdosis Litencum; Die Monitore zeigten, daß Judith in einen fast komatösen Zustand versank.

Patel saß dicht neben der Couch, auf der sie lag, die Hand auf ihrem Arm. »Judith, als Sie das letzte Mal hier waren, geschah etwas sehr Schlimmes. Sie haben die Hinrichtung von Lady Margaret Carew am 10. Dezember 1660 mit angesehen. Sie gehen zurück, driften durch die Jahrhunderte zurück zu diesem Datum und zum Ort der Hinrichtung. Als Sie zuvor dort waren, hatten Sie Mitleid mit Lady Margaret. Sie wollten sie retten. Diesmal müssen Sie ihr den Rücken zukehren, denken Sie daran. Lassen Sie sie in den Tod gehen. Es ist der 10. Dezember 1660. Sagen Sie mir, Judith — entsteht vor Ihrem inneren Auge ein Bild?«

Lady Margaret stieg die Stufen zum Schafott empor, wo der Henker wartete. Beinahe war es ihr gelungen, Judith zu bezwingen, selber Judith zu werden, und nun hatte man sie zu diesem schrecklichen Augenblick zurückgebracht. Jetzt zu sterben wäre Verrat an Vincent und John. Wütend schaute sie sich um. Wo war Judith? Sie konnte sie nicht finden in dieser Menge, unter all diesen derben, bäurischen Gesichtern, die rot vor Aufregung dem Spektakel entgegenfieberten — es war ihnen einen Tagesausflug wert, mit eigenen Augen zu sehen, wie man ihr den Kopf abschlug. »Judith!« rief sie. »Judith!«

»Da ist eine solche Menschenmenge«, sagte Judith leise. »Alle brüllen. Sie gieren nach der Hinrichtung. Der König ist an einem umzäunten Platz. Sehen Sie sich doch den Mann an, der neben ihm steht. Er hat Ähnlichkeit mit Stephen. Sie bringen Lady Margaret her. Sie hat eben den König angespuckt. Sie schreit Simon Hallett an.«

Margaret Carew muß immer noch Verbindung zu ihr haben, sonst könnte Judith keinen identifizieren, dachte Patel. »Judith, bleiben Sie nicht dort. Machen Sie kehrt. Laufen Sie.«

Margaret sah Judiths Hinterkopf. Judith versuchte, sich einen Weg durch die Menge zu bahnen, die jedoch vorwärts drängte und sie mit sich riß – zurück zum Schafott. Margaret war am Richtblock. Kräftige Pranken packten sie bei den Schultern und zwangen sie in die Knie. Man stülpte ihr die weiße Kappe über das Haar. »Judith!« schrie sie.

»Sie ruft nach mir. Ich drehe mich nicht um! Ich will es nicht!« schrie Judith auf. Sie gestikulierte heftig. »Laßt mich vorbei. Laßt mich doch durch.«

»Laufen Sie«, befahl Patel. »Nicht umdrehen.«

»Judith!« kreischte Margaret. »Schau her. Stephen ist hier. Sie wollen Stephen hinrichten.« Judith wirbelte herum und begegnete dem gebieterischen, unerbittlichen Blick von Lady Margaret Carew. Sie begann zu schreien, außer sich vor Angst und Schrecken.

»Was ist, Judith?« Was ist geschehen?« fragte Patel.
»Das Blut. Blut strömt aus ihrem Hals. Ihr Kopf. Sie haben sie getötet. Ich möchte nach Hause. Ich möchte zu Stephen.«

»Sie kommen nach Hause, Judith. Ich werde Sie jetzt aufwecken. Sie werden sich ganz ruhig fühlen, warm, erfrischt. Ein paar Minuten werden Sie sich an alles erinnern, was geschehen ist, und wir werden darüber sprechen. Und dann werden Sie es vergessen. Lady Margaret wird bedeutungslos für Sie, nichts anderes als eine historische Figur, die in Ihrem Buch vorkommt. Sie werden Ihr Cape, die Stiefel und die Drähte und das Sprengpulver, die Sie mitgebracht haben, zurücklassen. Dies sowie sämtliche Unterlagen über die Angelegenheit werden vernichtet. Sie werden Sir Stephen Hallett heiraten und sehr glücklich mit ihm sein. Wachen Sie jetzt auf, Judith.«

Sie öffnete die Augen und wollte sich aufsetzen. Patel legte den Arm um sie. »Ganz langsam«, warnte er. »Sie haben eine lange, schwere Reise hinter sich.«

»Es war so grauenhaft«, flüsterte sie. »Ich meinte zu wissen, was man mit diesen Menschen gemacht hat, aber diese Massenhysterie zu sehen... Für die Leute war es ein Ausflug zu einem Volksfest. Doch nun ist sie tot, Doktor. Sie ist tot. Aber habe ich ein Recht auf Stephen? Ich muß ihm sagen, was geschehen ist.«

»Sie werden sich nicht mehr daran erinnern. Gehen Sie zu Stephen. Teilen Sie ihm alles Notwendige über Ihre Schwester mit. Dann nehmen Sie mit ihr Kontakt auf. Ich bin felsenfest davon überzeugt — als Ihre Zwillingsschwester muß sie sein wie Sie.«

Tränen rannen ihr über die Wangen. Mit einer ungehaltenen Bewegung wischte sie sie weg und eilte zum Spiegel.

»Judith fängt schon an zu vergessen«, sagte Rebecca Wadley zu den beiden Beamten.

»Sie erwarten doch nicht von uns zu glauben, was wir eben gesehen haben?« fuhr Barnes sie an. »Das gesamte Material wird beschlagnahmt. Wir schicken einen Polizisten her, um sicherzustellen, daß nichts angerührt wird. Es ist nicht unsere Aufgabe, über Wesen und Inhalt dieses Falles zu entscheiden.«

Sloane beobachtete Judith. Sie legte Lidschatten auf. Er konnte ihr Spiegelbild über dem antiken Tisch sehen. Sie lächelte glückstrahlend. »Ich habe zu lange gebraucht«, sagte sie zu Patel. »Ich darf Stephen nicht warten lassen. Ich fahre mit ihm zum Buckingham Palace, wenn er sich der Königin vorstellt. Vielen Dank, Doktor, daß Sie mir geholfen haben, meine Schwester zu finden.«

Sie winkte ihm zu und entschwand. Sloane überlief es kalt. An ihrer rechten Hand leuchtete eine rote Narbe. In der gleichen Sekunde registrierte er, daß die Einkaufstasche, die sie auf dem antiken Tisch abgestellt hatte, verschoben worden war. »Sofort raus hier!« brüllte er, riß die Labortür auf — zu spät. Die Bombe explodierte mit einem gewaltigen Knall, verwandelte die Praxis in ein Trümmerfeld, übersät mit Leichenteilen. Flammen loderten hoch, griffen auf das ganze Gebäude über — ein Inferno.

Lynch folgte der dahineilenden Gestalt durch die Straßen. Er hörte die Detonation, als er um die Ecke bog, wollte zurücklaufen, merkte dann, daß Judith Chase nicht wie die anderen Passanten innehielt oder auch nur den Kopf in die Richtung drehte. Sie winkte einem Taxi.

Lynch tat das gleiche und ließ es hinterherfahren. Er zog das schnurlose Telefon aus der Tasche und rief Scotland Yard an.

Judith stieg gerade aus dem Taxi in den vor ihrem Haus wartenden Rolls-Royce um, als Lnych erfuhr, daß der neueste Sprengstoffanschlag sich Welbeck Street 79 ereignet hatte.

Patels Adresse! Er ließ sich mit Commander Sloanes Büro verbinden. Die Sekretärin teilte ihm mit, Commander Sloane und Commissioner Barnes seien gemeinsam unterwegs zu einem Dr. Patel. Ihr Fahrer? Nein, sie hatten keinen. Sie wollten einen der nicht gekennzeichneten Wagen benutzen.

Nein! dachte Lnych. *Sie waren in Patels Praxis, als die Bombe explodierte!*

Vor Sir Stephen Halletts Haus drängten sich die Vertreter von Presse und Fernsehen. Es war immer ein historischer Moment, wenn ein neuer Premierminister zur Königin fuhr. Lynch wartete gegenüber, von einem Übertragungswagen der BBC verdeckt. Ihm war klar, daß hier anscheinend noch niemand von dem Sprengstoffanschlag in Patels Praxis erfahren hatte.

Nach ein paar Minuten fuhr die Limousine langsam ums Haus, parkte am Bordstein. Die dunkel getönten Fenster verwehrten den Blick in das Wageninnere.

Lynch war sicher, daß Judith Chase in dem Rolls-Royce saß.

Alles drängte nach vorn, als sich die Haustür öffnete, und Sir Stephen, von Sicherheitsbeamten umringt, erschien. Der Chauffeur stieg aus und stand mit dem

Rücken zum Wagen, um den neuen Premierminister zu erwarten.

Lynch erkannte seine Chance. Alle sahen auf das Haus und kehrten dem Rolls-Royce den Rücken zu. Er schlug den Mantelkragen hoch, zog den Hut tief in die Stirn, eilte über die Straße und öffnete die Wagentür. »Miss Chase.« Und dann sah er sie — die grellrote Narbe an ihrer rechten Hand, die sie gerade mit Schminke bestrich. »Sie *sind* Margaret Carew«, sagte er und griff in seine Tasche ...

Lady Margaret blickte auf und sah die auf sie gerichtete Waffe.

Ich bin so weit gekommen, dachte sie. Ich habe Judith überlistet, indem ich Stephens Namen nannte. Ich habe sie getötet, und ich bin zurückgekehrt, und nun ist es aus.

Sie machte sich nicht einmal die Mühe, die Augen zu schließen, als Lynch abdrückte.

Der Schuß ging unter in den Hochrufen der Menge, als Stephen, ständig Hände schüttelnd, zum Wagen ging. Sein Leibwächter stieg vorn ein, und Rory hielt Sir Stephen die Tür auf.

»Alles klar, Darling?« fragte Stephen, dann ein Aufschrei: »Judith, Judith, *Judith!*«

Margaret spürte, wie sich Arme um sie schlossen und Lippen ihre Wangen streiften, hörte einen wilden Hilfeschrei. Es ist vorbei, dachte sie.

Als sich dann Finsternis um sie breitete und sie sich im Schattenreich auf die Suche nach John und Vincent begab, wußte sie, daß sie ihr Ziel am Ende doch erreicht und Rache genommen hatte.

Sie hörte Stephen schluchzen, fühlte, wie sich seine Tränen mit dem Blut mischten, das aus ihrer Stirn strömte. »Simon Hallett« dachte sie triumphierend, »ich habe ihm das Herz gebrochen, so wie Ihr das meine.«

Stephen King

Die monumentale Saga vom
»Dunklen Turm«

Eine unvergleichliche Mischung
aus Horror und Fantasy.

Hochspannung pur!

3-453-87556-7

Schwarz
3-453-87556-7

Drei
3-453-87557-5

tot.
3-453-87558-3

Glas
3-453-87559-1

Kai Meyer

»Brillant erzählte, raffiniert gebaute historische Schauerromane«
Westdeutsche Allgemeine Zeitung

Das Gelübde
3-453-13740-X

Die Alchimistin
3-453-15170-4

Göttin der Wüste
3-453-17806-8

Das Haus des Daedalus
3-453-19883-2

Die Unsterbliche
3-453-86524-3

Die fließende Königin
3-453-87395-5

Das Steinerne Licht
3-453-87396-3

3-453-86524-3

Faszination Mount Everest

Anatoli Boukreev
Über den Wolken
Aus den Tagebüchern eines
Extrem-Bergsteigers
3-453-86126-4

Anatoli Boukreev/
G. Weston DeWalt
Der Gipfel
Tragödie am Mount Everest
3-453-15052-X

Jamling Tenzing Norgay
*Auf den Spuren
meines Vaters*
Die Sherpas und der Everest
3-453-86725-4

Conrad Anker/
David Roberts
*Verschollen am
Mount Everest*
Dem Geheimnis von
George Mallory auf der Spur
3-453-17711-8

3-453-86725-4

Nora Roberts

Bestsellerautorin Nora Roberts schreibt Romane der anderen Art: Nervenkitzel mit Herz und Pfiff!

Eine Auswahl:

Der weite Himmel
3-453-01315-0

Die Tochter des Magiers
3-453-13745-0

Tief im Herzen
3-453-15228-X

Insel der Sehnsucht
3-453-16091-6

Gezeiten der Liebe
3-453-16129-7

Das Haus der Donna
3-453-16927-1

Hafen der Träume
3-453-17162-4

Träume wie Gold
3-453-17761-4

*Die Unendlichkeit
der Liebe*
3-453-17811-4

*Rückkehr
nach River's End*
3-453-18657-5

Tödliche Liebe
3-453-18655-9

Verlorene Seelen
3-453-18681-8

Lilien im Sommerwind
3-453-19983-9

Der Ruf der Wellen
3-453-21093-X

Ufer der Hoffnung
3-453-86486-7

Im Sturm des Lebens
3-453-87025-5

Lilien im Sommerwind
3-453-87333-5

Im Licht der Träume
3-453-87581-8

HEYNE

Mary Higgins Clark

»Mary Higgins Clark gehört zum kleinen Kreis der großen Namen in der Spannungsliteratur.«

The New York Times

Eine Auswahl:

Daß du ewig denkst an mich
3-453-07548-X

Das fremde Gesicht
3-453-09199-X

Das Haus auf den Klippen
3-453-10836-1

Sechs Richtige
3-453-11697-6

Ein Gesicht so schön und kalt
3-453-12468-5

Stille Nacht
3-453-13052-9

Mondlicht steht dir gut
3-453-13643-8

Sieh dich nicht um
3-453-14710-3

Und tot bist du
3-453-14762-6

Nimm dich in acht
3-453-16079-7

Wenn wir uns wiedersehen
3-453-17791-6

In einer Winternacht
3-453-17960-9

Vergiss die Toten nicht
3-453-19601-5

Du entkommst mir nicht
3-453-86509-X

Denn vergeben wird dir nie
3-453-87324-6